邊讀邊走

李明璁

獻給

在天上的父親 李垣達先生，

母親 蔡寶蓮女士。

我們相遇，彼此翻閱——

四年前第一次和李明璁老師見面，我們一拍即合／氣味相投。雖然是初次見面，卻感覺像是認識好久的朋友。身爲學生運動的鬥士，卻一點也不拘謹。隨和親切，笑容宛如少年。我訝異於他常到日本，對東京下町和次文化如此熟悉。還經常參加富士搖滾音樂祭。李老師雖然是學者，卻不是只會窩在書房的人。他到各地散步，和人見面，聽音樂。不只讀書，更從實地踏訪中學習，重視活生生的學問。他的笑容之所以迷人，肯定是在台灣的現實處境中活得豁達自在的關係吧。

——川本三郎／作家、評論家

李明璁是我的 Facebook friend。我是因爲在 Facebook 看到一位年輕學者一個人對抗台大，才開始每天追看他的 post，直到一天終於忍不住給他留言，表達一點支持。後來才發現李明璁就是在世界閱讀日選了我的書《抗命時代的日常》為他五本推薦書之一的台大教授。李明璁會推薦這本書，好合理，會喜歡《抗命時代的日常》的人就是會這樣「扻頭埋牆」（燈蛾撲火）。

好些台灣朋友勸我不要跟這麼富爭議性的人站在一起，但我堅決在 Facebook 以外和他做個朋友。我在大學三十年，經歷過很多陰差陽錯，可以明白一個人與制度對抗是怎樣的一回事。正如他在盧凱彤去世後在 Facebook 說：「勇敢令人好疲累」。見到他雖然疲累但依然勇敢，我很感動。如果我能分擔到這樣一個抗爭者／失敗者的污名，也是我的榮幸。

——**何式凝／香港大學社會工作及社會行政學系教授**

跟明璁的相遇總帶點戲劇的色彩。二〇一〇年四月一日我們很有默契的選擇了愚人節這天當作各自雜誌的創刊日，後來一起接受了時尚雜誌的採訪，一如往常的，我不擅記憶的特性早忘了那天的訪談內容，但難忘那用書報雜誌堆疊起的戰備壕溝，以及蹲站在壕溝前，面對著鏡頭時，略帶尷尬氛圍相視而笑的兩人。

第二次碰面是在二〇一六年底，音樂祭剛散場，我們在那人來人往又遠長的香港天橋上巧遇，彷如王家衛電影一般，短暫的寒暄問候後，又各自消逝在香港的夜色裡。二〇一七年六月，《週刊編集》創刊，我邀請明璁在這份新報紙上開了個專欄，名稱叫：「一個人的宇宙」，記錄那些他曾經碰到過的每一個人背後那星星般閃耀的真實人生……我腦海裡響起的背景音樂是 Shelby Merry 在電視動畫影集《*Final Space*》中創作的一首歌〈When the Night is Long〉。

——李取中／《*The Big Issue* 大誌》、《*The Affairs* 週刊編集》總編輯

久聞明璁老師大名，但第一次見面應該是在設計師王艾莉舉辦的「頁讀車輪餅」活動上，老師在我主持的那場特地來打招呼，非常感動。之後也在新經典舉辦的「讀書的魅力」系列講座中領教明璁老師的風采，還有共同擔任誠品漫畫展的代言人。

印象最深刻的是老師總有一種「年輕」的氣息，想法、觀點、個性，都讓人想要親近。同時也很喜歡老師的文筆，如老師的演講一樣，論理清楚、文字使用高明、又十分有趣，不知不覺會專注聆聽。如果明璁老師是一本雜誌，我想他會是極具個性的風格雜誌，永遠能給人新鮮的感受。

——李惠貞／獨角獸計畫發起人

在我的印象中，李明璁本來就不應該是個被拘限在學院裡的人，他蓬鬆的爆炸頭裡，充滿著貝多芬的音樂符號，同時也滿溢著康德的辯證與思維。可是在這一團知識充滿的腦子裡，眞實的李明璁其實又像是一個單純、沒有任何心機的小男孩！

在學院中，他像是一隻誤入叢林的小白兔，又像是騎著驢子的堂吉訶德，揮舞著刀劍，卻無法擊敗這個世界的巨大愚蠢。離開學院的明璁，我其實爲他很高興！因爲他從此可以擁有自由的生命，可以離開牢籠般的知識殿堂，眞正在廣大的知識宇宙裡自由的奔馳！

——李清志／建築作家、都市偵探

完全想不起來是在什麼樣的情況下認識明璁，興許他是社群世界裡相對清晰的面目，眼耳鼻舌身意都有他自己的款，獨特卻可親。要從舉世滔滔裡辨認出他並不困難，但要讀懂他的表情卻需要各種細節。像醃漬純釀的手法，他也是一種時間之物，書寫是他生命的軌跡，不循著這個大概也難以靠近。文字是認識他最容易的起點，我正在認識他，我一直在認識他。

——吳洛纓／資深編劇

雖然一早已經成了李明璁的沉默讀者，但眞正與他有較多相處交談的機會卻始於二〇一一年的「百年千書」計畫。

在那個獨特的案子裡，一群由愛書者組成的評審團，被要求完成一個幾乎不可能的任務：從鴉片戰爭以後，選出近代中文出版史上最具影響力的一千種書。

我們一開始用了一整天（上午九時至晚上九時）的會議來討論書單，卻發現這些時間只夠起一個頭。我們只好一次又一次加開評選會議，其他選書人後來都受不了折磨逃走了，最後只剩我、王道還、李明璁和詹偉雄。當中情緒最嗨的選書人當屬同世代的我與王道還，選書過程簡直變成我們兩人充滿懷念之情的青春讀書回憶錄；但年齡小我們一大輪的李明璁，卻不時冷酷地拋出一些截然不同的視野與觀點，讓我變得清醒一些，也因而稍有能力省視與我同輩作者們在出版史上的可能意義（要心平氣和看懂同代人太難了）。

那個過程讓我對李明璁刮目相看，注意到他的博學、雜食、濫情（我指的是他即時的社會關心，不是壞的意義），以及永遠有獨特的切入視角。他後來的發展證實了我的這個期待，而他晚近石破天驚自行開課講「失敗者的社會學」，更讓我感到大受啟發。各位手中拿到的這本新書，當可看出我說他的種種特質。

——**詹宏志／作家，PChome Online 網路家庭國際資訊股份有限公司董事長**

我怎麼看明璁啊？

其實武林裡，眾人都搞不懂他的門派所屬。有人說，他是野草莓的，可是後來也沒有了下文。

明璁在武林行走，依我看，比較像是個接案子的大俠。這裡搞掉幾個惡霸，那裡逼某個教主跪在地上舔狗屎，要不然召集眾俠士論個劍。

我跟明璁見面，通常是在酒館食肆，然後，幾碗酒下肚，一桌的人都清楚武林又要有事發生了。

什麼事呢？也許是文化、也許關於政治，或者，不過是聊聊某某學什麼的。要不然，到時候光看大家怎麼打扮自己，都有看頭。

總之，大概，就醬吧。

——馮光遠／作家

經常看見他站成一種，滿懷十二歲小孩面對巨人的姿勢。

在社會諸事的天秤兩端，更常站在學生那一頭。

以聰慧而活潑的角度，重新看待事物。

一個理所當然的積是成非，有時經他分析或提問，

整個世界又有了另一種理解的可能。

——劉克襄／作家

我想，我跟他都是無可救藥的樂觀者，就算知道世道險惡，知道人心不容測試，我們仍有一些樂觀在支撐著，熱眼睹著這世界一絲變好的可能。初見李明璁老師，我知道他有兩種眼目，一個是觀察的眼，一個是置身世態的眼。

比我嫻熟於外界，但冷底藏在心裡。他笑起來是這麼開心，是因知道人生禁不起悲觀，他比我勇敢多了，但我總在好奇他的心如何承載那如落雪量觀察的腦中運作，有一回聽他熱切講《四百擊》最後那沒有盡頭的奔逃，知道他沒放棄，那男孩還在他心裡跑著，而那正是社會學一躍而起的姿態。

——馬欣／作家

與明璁的友誼，始於何處，已不復記憶，這說明了我的年紀，以及這段友誼在彼此年紀中的位置。我們共同參與了一些事與任務，發覺我們歲數差距雖說有十歲之遙，但不論心智還是情感，都有身在同一條船舶上的感受，雖然，有時我覺得他期望的，是馳騁於銀河間的星際戰艦，而我識得眼前所置身的，不過是一只獨行於汪洋的退役帆船。

很多場事件共同與會，我看著他，宛彿看著年輕十歲的自己，得以在更自由的年代，率性地奔跑、求知、享樂、闖禍或惹惱某些人，當然，這只是一種被歲月之拳揮擊後的妄念，他雖然從個子與髮型上永遠像個孩童，但身體中蘊涵著各有來歷的苦楚與傷痛，與「人生而為人」所當有的持勉毅力，萬千糾葛。如果沒有寫作，他很難闖越太空風暴，這是我在帆船上的幸運。

請翻開書——閱讀吧，與作者一齊，飛進台灣「近中年世代」的戰鬥光年。

——詹偉雄／《數位時代》雜誌創辦人

只要你跟自己微笑說早安——序

「我覺得沒必要每個人都有上進心，畢竟不是每個人都想成為有錢人、都一直在爭勝。每個人都應該有恰恰適合自己的容身之地。」二〇一七年暑假看日劇《四重奏》（カルテット）時，被裡頭主角之一別府司的這麼一句話，醍醐灌頂。

坦白說那時候我過得有點糟。

記得看完那集，我去上作皮件的課。專注勞動有益健康，彷彿可以連同壞掉的自己，一槌一針地，修補、縫合。突然間內心嘲笑起自己：如果連放棄這件事都要準備好才做，人生未免也太不酷了吧。與其多方討好、想成爲一個被喜愛的人，不如堅定樸實，做一個自由自在的人。

回想起二〇一一年初夏，學生找我在他們畢業紀念冊上留言，我一如往昔，缺乏權威教誨姿態、有點玩世不恭地說：

「努力讓自己看起來挺厲害頗成功，對台大畢業的各位來說一點都不難，不過，假如因此無聊化了你的人生，寧願，遜一點，慢一點，歧路一點，晃蕩一點。」

那一年，也是我被控違反《集會遊行法》、因「學運首謀」遭起訴的磨難開端；同時，我的父親被檢出腦瘤復發，全家陷入慌亂。而當整個台灣開始進入「臉書總動員」，我反倒自閉起來，徹底退卻，整整六年從這個社群網路上銷聲匿跡。

除了教學與研究寫作，大量啃食各種書（與非書），佔據邁向四十歲的大叔人生。就算無法「不惑」，閱讀的沉靜與洗滌效果，至少帶來了勇氣。雖然，這勇氣對比自己後來遭遇的荒謬，實在不夠用。但還好我始終牢記著卡繆所說：「幸福和荒謬是同一塊土地上的兩個兒子，二者無法分開。」

好吧，重點已非失不失敗，而是人生拉長來看優不優雅。

於是我開始書寫，書寫，書寫。當我感受到吳爾芙所說「下筆時每個字的重量」，環繞在側的惡人與惡夢就暫時消失。一切都變得透明，像颱風過境、全新一天的破曉。

閱讀、旅行、散步、相遇，所有這一切周而復始，都教導我對人生要再謙遜一點，鬆一點。「Be water, my friend」李小龍多麼深不可測，無法擊倒。面對生命時時刻刻不知如何是好的事實，各種機遇都在訴說：你時時刻刻可以準備重新開始。

一切在路上、前進中的事物都閃現微光。邊讀邊走，邊走邊讀，沒有翻不過去的任何一夜（頁），只要你跟自己微笑說早安。

目錄

我思

我走

我遇

我記

我讀

孤讀：書與一個人

多年前我曾在某篇文章的結尾寫道：「獨處這回事啊，既是一句髒話，也是一段詩；或者更精確地說，它是一首帶著髒話的詩。」當時我沒說清楚：其實在獨處中陪伴你一起罵髒話和寫詩的，始終就是無數的書本。

閱讀這件事，不像聽音樂、看電影、去旅行或吃美食，總是可以選擇與人一起、同步分享；說到底，閱讀就只能是獨自進行的活動——一個人展卷、翻頁，一個人凝神、聯想。

在這個看似朝往「個性化」的年代，獨處日漸成為集體性的話題。所以有很多暢銷書告訴你該如何學習獨處，儘管這實在有點諷刺，就像是想追尋個人品味於是趕快去模仿別人如何品味一樣的弔詭。

所謂「一個人」，永遠不如字面感來得那麼孤寂、哀愁，或者相反的帥氣、靜定。它始終是種矛盾的狀態、狡猾的心態，當你試圖給「一個人」某種聯想或詮釋，它可能立刻就擺盪、滑移到與之相反的另一端。你說這樣苦悶，它就溢散趣味；你說如此美好，它便墜入醜態。

一個人很難搞的，毫無疑問。難怪多年前我曾認眞關注過一本日文雜誌，就叫《一個人》，但後來便覺多面性不足，缺乏一種現實與浪漫交錯對話的張力，即便是專題企劃能力很強，也料理不來獨處人心的百味雜陳。

若說史上最經典的「一個人」之書，莫過於《魯賓遜漂流記》（*Robinson Crusoe*）。雖然這故事人盡皆知，但我仍想推薦它給每個人，逐字逐句，獨自慢靜夜讀。

「只要有一個伴就夠了的渴望如此強烈，以至於每次我說出這句話時，我的雙手都會緊緊攢在一起（要是當時有什麼柔軟東西在掌心裡的話，肯定會被壓扁），而嘴裡的牙齒也會上下互咬——由於咬合得太用力，我簡直沒辦法一下子把它們分開來。」

重讀魯賓遜這麼精準而震動的獨白，像一記針刺：欸別再硬撐了各位「個性人」，請坦承自己即使厭煩大眾或不喜社交，但終究害怕孤寂。因爲關鍵不在思維，而是身體。身體如此誠實，一旦恐慌起來就連《湖濱散記》（*Walden*）裡的獨處大師梭羅（H. Thoreau），都治癒不了你。

我也如是檢視自己：在無數晴雨之日、深夜或午後，看見「你」獨坐書房垂頭皺眉、聽到你內心細碎繁複的話語卻有口難言。我聞著你宅在網路上的氣味、我觸碰你僵在沙發角落的身體。我的五感每天驗證著你無以名狀的孤獨。因爲表面看來一點也不魯賓遜，沒有物理性的隔絕，甚至還熱絡參與網路社群，以至於暗處心理性的疏離和角落感的落寞，大抵僅被理解成故作陰鬱的無病呻吟。

在捷克小說《過於喧囂的孤獨》（*Příliš hlučná samota*）裡，打包壓縮廢紙工人漢嘉，三十五年來，都隻身處於被人們棄如敝屣卻又被他撿回展讀的書堆中。持續廣博「孤讀」的沉默連結，雖似乎比魯賓遜的絕對性孤獨好一些，但他終究仍與巨大世界格格不入，以致最後殉道般地終結生命。

書與一人共構的小宇宙，還有《刺蝟的優雅》（*L'élégance du hérisson*）。雖然同樣是暗沉基調，但卻相對透出較多溫暖光熱。小說裡兩位「孤讀的一個人」：

女孩芭洛瑪和門房荷妮，從一開始書本爲之構築一道抵禦外在虛僞世界的門與牆，到後來她們相遇又透過書本開了一扇窗、進而搭起一座橋。這個各自卸下尖刺扮裝而通達柔軟心底的歷程，撼動也支撐了全球無數蜷坐幽暗角落的「孤讀者」。

於此，有別於魯賓遜命題的一個人狀態浮現：「她可以完完全全一個人……周遭的一切，全都在膨脹、閃光、作響和蒸發；身在其中，帶著一種肅穆，縮成一個外人看不透的楔型黑核，縮成為自己……她那自我，擺脫了一切羈絆，自由遨遊於最奇異的旅程中。」

小說家吳爾芙（V. Woolf）曾這麼生動描繪。

就像波特萊爾（C. Baudelaire）一再於《巴黎的憂鬱》（*Le Spleen de Paris*）與《現代生活的畫家》（*Le peintre de la vie moderne*）中反覆辯證：人群與孤獨對創作者來說其實是同義語，他既不斷迎向與擁抱前者，但又必須在每個晚上、一盞孤燈，贖回慌亂煩躁的自己。

在卡夫卡（F. Kafka）的傳記中，他每晚都迫不及待家人快快就寢，讓自己得以趴伏在餐桌上發想創作。他曾寫信跟朋友抱怨：「孤單永遠不夠……四周的寧靜永遠不夠……甚至連夜也永遠不夠。」如果連卡夫卡都說獨處的靜夜不敷使用，更遑論資質平庸的我。難怪每天都立志從今晚開始要早睡早起，卻鮮少成功。

畢竟，在日間各類社會活動中，我總是人群裡、角色化的「某個人」。只有這樣的抽離時刻，我才返回眞正的自身「一個人」。無須再以他人爲鏡而言行，放空捧讀一書、面朝己身，是一種理性的沉靜、也是感性的沉浸。

請容我爲拜倫（G. Byron）所寫過一句相當耐人尋味的詩，加一個引號裡的字就好：

「在孤獨（讀）中，我們最不孤單。」

恍神地翻，放空地讀

如果說，當機有時是一種電腦的自我保護，是它對使用者不夠溫柔善待的小小抗議；就像工作過勞，身體會開始示警：唇舌可能會破個洞、腸胃也運轉不順暢……我總覺得，即使工作和生活都溺在數位資訊洪流中，某些時候非得從電腦或手機屏幕彈跳出來不可。逸出各種凝神緊繃，片刻恍神放空，是生命中必須承受之輕。

然而在媒體上，那些看來總是律己甚嚴、形象美好的人，比如套裝筆挺的企業家和政治家，鮮少會顯露他們心不在焉的樣貌。頂多是在社交場合打個小盹被拍到，讀者也會體貼解讀：「他太辛苦太累了。」成功菁英的形象總是專注而認真，畢竟他們可是從小一路挺過無數考試、廝殺爭勝，早已練就一身硬挺面對超量資訊的好功夫。

值得反思的是：要求全神貫注、掌控一切的態度，真有那麼無懈可擊嗎？

俄國神經學家魯利亞（A. Luria）曾對著名的「記憶高手」雪瑞薛夫斯基（S. Shereshevski）進行長期研究，發現他總是心無旁鶩，對周遭事物因此皆有細節性的記憶；但很諷刺，這卻使得他難以挪出心力、騰出空間，進行較高層次的抽象思考，甚或因此影響到他感官的細膩敏感度。

哈佛大學的心理學家沙克特（D. Schacter）教授，在其大作《記憶七罪》（*The Seven Sins of Memory*）中便主張：記憶有時少即是多；無論是沒有刻意的恍神造成暫時忘卻、亦或是有意識的放空導致效率斷裂，其實都是在回應我們體內資訊超載時必要的反動。

換句話說，偶爾心不在焉、或神遊四方，反而帶來了另類靈感和創意想像。即便因此不小心流露於外的醜態，相較之下也只不過是微不足道的代價罷了。

事實上，在這篇文章動筆前，我剛結束一整天超過十小時的工作：備課講課、公務會議、研究討論……密集的資訊量，在我腦裡從接收到反芻，從加工到出口，整個過熱幾近當機。也因此，現在暗夜孤燈下構思爲文，突然意識就這麼岔出去，恍神了。我決定先關上電腦，甩開手機，閉目養神片刻，然後從書架上拿下幾本作品翻閱。

你可曾想過，有哪些書最適合恍神地翻、放空地讀（相對於一般認知：好書多半呈載濃密資訊，需要專注讀取）？以類別來說，沒有文字的攝影集或繪本，可能是進入空無、神遊或冥想的最佳媒介。

比如我個人的首選，應該會是中野正貴的攝影集。十多年來，在我研究室的壁面中央，一直掛著有點詭異的、「東京涉谷街道空無一人」的巨幅照片，正是中野先生在二〇〇〇年以新人之姿出道發表、震驚全日本的系列作品《*Tokyo Nobody*》。

很多人看到這系列照片的第一個疑問是：「用修圖軟體把人都移除的吧？」但並非如此。中野先生花十年時間，在東京最繁忙的各個場所，以無比耐心的等待加上俐落果決的快門，定格出一張張令人歎爲觀止、卻饒富禪意的照片。原來，無論多麼車水馬龍、人聲鼎沸的都市舞台，總一定有那麼零點幾秒的瞬間，空無一人，彷彿歸零。

中野先生在後來緩慢發表的攝影集，每一本都值得「放空推薦」。比如二〇〇四年榮獲第三十回木村伊兵衛写眞賞的《東京窓景》，雖然概念簡單（對，不過就是城市各角落的某個窗景罷了），但透過寬闊而舒緩的景深構圖，讓各個季節、天候與時點的不同光影，細膩照料在每一扇面向庭院或公園、鐵道或車流、遠山或河畔、花火或夕陽、人群或天空……的窗。

一張照片。可以引導出一段時間的絕對放空，無字的繪本肯定也能帶來相同體驗。像是躺在我案頭的《*On the Table*》（好直白的書名吧），便是如此極簡風格的佳作。作者是鼎鼎大名、與村上春樹關係密切、合作無間的安西水丸。

在這個作品集裡，沒有任何文字，每一頁就是安西先生畫他桌上隨性放置的小物件（而且擺得很「空曠」），比如偌大桌面就只是放著橡皮擦和鉛筆、或者一包咖啡豆、幾瓶飲料。當安西特有的童趣筆觸。躍然於充分留白的空間，古典油畫中充滿凝重感的靜物傳統，在此被徹底解放。

難怪村上在《蘭格漢斯島的午后》（ランゲルハンス島の午後）會這麼說：

「我的文章一旦由安西水丸君配畫，就全部沁入了『水丸性』……請想像一下，在一家樸素而氣氛良好的酒吧吧台寫信給友人的情況。對我而言，這就是所謂的『安西水丸性』。走進店裡，在吧台前坐下，用眼神與酒保打個招呼，他便送上辛辣得恰到好處的酒，古老的歌曲正輕聲播放著。這個時候忽然想到要給朋友寫封信，於是拿出筆記本與原子筆開始動筆『近來好嗎……』類似這樣的感覺。」

而如果你知道，當年村上這本充滿「水丸性」的隨筆文集，正是日後台灣盛行挪用「小確幸」這個字眼的起源出處，那麼一切似乎就可以重新兜起來再說清楚了：真正的小確幸，從來不需要消費主義式的外求滿足，或許只是單純對各種既定秩序、及其給定的狹隘享樂幸福邏輯，予以一個當下的斷裂、放空，從而讓自己暫離忙亂的角色，回到原初由私密感官與周遭環境事物巧妙接合的美妙瞬間。

慢讀中的時間無政府主義

二十年前，我買了一對Swatch設計的「白時黑分（White Hours / Black Minutes）」手錶。全黑那支錶面只有白色時針，相對的全白那支僅有黑色分針。當時我剛畢業進入職場，標新立異地在左右手腕分別戴上這黑白錶。某次我忘了一邊，只戴著黑錶便出門，結果意外發現，原來單靠一根時針、不那麼精確地度過一天的感覺（當時還沒有手機啊）也頗有趣。

後來有段日子，索性就眞的只戴時針生活——大概知道幾點的輪廓就好。即使要會見朋友，我也盡量約在一個早或晚點到都沒差的時間，以及一個可以放鬆等待的空間，比如說可以翻閱甚至沉浸於其中的書店、唱片行。

那一年，網路泡沫經濟正掀巨浪，英代爾（Intel）公司創辦人葛洛夫（A. S. Grove）出版了題爲《十倍速時代》（*Only the Paranoid Survive*）的超級暢銷書。在科技革命的號角下，「全面加速，跟上節奏」，成了都會菁英工作與生活的準則。而戴著一支只有時針怪錶的我，卻成爲產業預備軍的逃兵，重回窮學生隊伍，逆向飛往一個比台北慢上十倍速的英國古城劍橋。爾後六年，步調宛如康河流水、也似慢游野鴨。

彼時每天，我總是慢慢做菜、洗衣，慢慢打掃、散步，也慢慢讀書寫字。面對每個博士生難免焦慮的論文進度，教授優雅告訴我：「一件事只要值得做，就該慢慢地做」。後來我才知道，這句睿智的話竟語出美國脫衣舞孃之后Gypsy Rose Lee（她也是一位演員和作家）。

身處在那座重視探索更勝量產的古老大學，我逐漸發現：要學會一種「能意外發現珍奇有趣事物的本領」（serendipity），必須建立在身心緩慢、沉靜（serenity）的前提。當時我並不知道，這些落地生根的慢活練習，會深深銘刻在我返鄉的身上，成爲一種抗體，平衡因受忙碌牽引所導致的焦躁不安。

有趣的是，原以爲純粹只是我個人微不足道的步調變化，回台後竟發現，「慢」突然成了熱門話題。「趕快去買暢銷書《慢活》（*Slow*）來讀」，成了十年前有些弔詭諷刺的都會中產階級流行。一時之間，各類飲食、時尚、甚至商管雜誌都趕忙快速跟進，製作起「慢」的專題。

歐諾黑（C. Honoré）的《慢活》一書其實有趣而扎實，並不膚淺。只是書中出場的人物幾乎都是來自先進工業國的專業菁英，他們擁有豐厚的經濟與文化資本，如今希望餐能慢慢吃、愛能慢慢做、行動慢一點、空間寬一點，總之就是，比以前更悠閒。而在這樣的慢活提案中，「東方異國情調」的元素也被大量援用：靜坐、瑜珈、氣功、譚崔（Tantra）性愛、民俗療法、世界音樂、異國家飾，等等。

相對於一九九〇年代末，人們競相閱讀《十倍速時代》、《毫秒必爭》（*Faster: The Acceleration of Just About Everything*）這類書籍，直接連結數位時代追求效率最大化的慾望；二〇〇〇年代後期——既是經濟泡沫幻滅、又是網路升級的「後達康」（post.com）年代，中產階級則開始反向欲求一種新的生活態度：慢。

然而，當「慢」被行銷潮流化與「先進國家化」，進入晚近十年，我更好奇、也想回頭好好檢視的是：有哪些是根源自我們原鄉在地、或者與台灣連帶深刻的日本，值得喚醒再生的緩慢傳統。就像辛波絲卡（W. Szymborska）的詩句寫道：「存在的理由不假外求」，慢活其實也無須總是遠眺西方。

比如焦桐的《味道臺北舊城區》，書裡的美食故事完全不是拍照打卡導向。相反的，透過一個個職人慢工細活的探訪，重現了本土慢食的美好：

「現在到處都是速食……一般人的用餐多半就像是停下來加個油……我毋寧是緬懷較少矯飾的食物，較少添加物，較少欺騙；可能在生產的過程中較費工，較緩慢；然則如果大家都緩慢了，就不存在快／慢的問題。」

除了慢食，還有慢居。藤森照信、藤本壯介等六位知名建築師所聯手策劃設計的《*Bath View*》，將日常的「お風呂」（泡澡）傳統，以各種令人讚歎的未來概念，重新置入住居或自然環境之中。讓宛如儀式般的每日洗滌，能更舒緩且充滿聯覺想像地展開。

此外，若論慢行，中野正貴的写眞集《*Tokyo Float*》，則提供了一個截然不同於陸地快速移動的交通視野——東京水道。展讀每一頁攝影作品，從慢慢河流、水平凝視出去的，不只是相對靜定的城市景觀，也是悠悠人生的隱喻。

其實，光是專注閱讀，在手機逐漸統御一切目光與速度的年代，就已是實踐慢活最給力反叛的第一步。同時，你也可以模仿小津安二郎電影裡的人物，有事沒事就遠眺藍天白雲，不慌不忙；又或許跟親友培養新的默契，在沒有特定工作或活動時，可以一起不用太拘泥守時。

從緩慢地讀、忘我地讀開始吧，嘗試各種你所能想像的練習（我也想重新翻找出那支只有時針的錶）。在分秒必爭的功利生活秩序中，宣揚屬於自己的「時間無政府主義」（chronometric anarchy）。

坦白說，我對這世界知道愈多，我愈不知道它會不會好。
或許我能確知的只有：
書裡的世界始終美好，即便它無所不用其極地
述說這世界有多無望的不好。

我們永遠需要一張沙發，單人的剛剛好。
在某個角落，尤其是喧囂的旁邊。
因為，只有沉坐下來，過去與未來才會在你旁邊
開始細細交談。

永存不朽的書中奇觀

什麼事物堪稱奇觀（spectacle）？除了壯闊的自然風景、奧妙的生物樣貌，人們能想到多半就是由當代科技所驅動的媒介影像，比如3D、VR或AR。至於印刷品如書籍，乍看似已難和「奇觀」產生聯想，除非回到十五世紀，古騰堡聖經的革命樣貌，方能讓當時人們瞠目結舌。

時至今日，數位化的電子閱讀趨勢，彷彿更爲紙本書打上了賞味期限。即便書籍印得再精美，似乎都很難再讓讀者有「嘖嘖稱奇」之感受。

儘管「奇觀」絕對不是什麼必要追求的品味標準，一本好書的作者和編輯，眞正在意當然是作品的深刻與雋永。但身爲有點偏執的愛書人、藏書迷，我還是想說：其實紙本書始終仍擁有（即使最新特效電影都無可匹敵的）奇觀啊，無論是就形式或內容而言都是。

一個同時擁有影癡與書迷雙重身分者，最掙扎的時刻，莫過於要不要去戲院觀看《哈利波特》（*Harry Potter*）或《飢餓遊戲》（*The Hunger Games*）等奇幻經典。那種既期待又怕受傷害的焦慮，證明了文字的想像，其實足以超越具象的電影再現。

即便要說圖像轉化，比如《哈比人》（*The Hobbit*）的立體繪本書，也早在電影《魔戒》（*The Lord of the Rings*）三部曲誕生之前就已經上市。翻開每一頁都是令人驚呼的華麗，充滿忍不住來回賞玩的樂趣。

製作精良的立體書（Pop-up book），本身就是一種炫技，不僅透視構成要繁複奇趣，可供反覆折疊展開的選紙，也是一大學問（要有獨特手感又得柔韌耐操）。擁有職人精密手工傳統的歐洲和日本，是這類奇觀之書的主要產地、也是流通與收藏的重鎮。

我曾在東京旅途，購入一九八八年發行的《お行儀の惡い世紀末》（原書名：*The Naughty Nineties*）。這本限制級的立體書，每一頁都是一個上流社會的生活場景。乍看盛裝華服的紳士名媛們，在閱讀者動手拉出、或翻起頁內可動裝置時，他們行禮如儀的僞善樣貌，瞬間就情慾橫流地崩壞。

談到情慾，絕對是紙本書最能體現奇觀經驗的重要證據。姑且不論赤裸交合躍然紙上的春宮畫冊，純文字作品如古典名著《金瓶梅》、經典文學《查泰萊夫人的情人》（*Lady Chatterley's Lover*）、乃至暢銷小說《格雷的五十道陰影》（*Fifty Shades of Grey*）等，閱讀時令人臉紅心跳的程度，全都勝過有俊男美女擬眞演出的激情影像。

無怪乎，日本戰後最大奇書《家畜人鴉俘》（家畜人ヤプー），狂亂震撼程度比諸經典禁片《索多瑪一百二十天》（*Salò o le 120 giornate di Sodoma*）有過之無不及，但至今卻仍沒人嘗試拍攝。那些足以令人惡夢的慾望奇觀，彷彿就只能存在書中，非得透過閱讀，才能擁有突破禁忌的想像通行證。

在我書架上還有一本日文奇書：《官能小說用語表現辞典》。裡頭鉅細彌遺、學術百科般地羅列色情書寫中，關於男女性器性徵、癖好高潮、性愛狀聲等直白描繪或象徵譬喻，竟多達兩千三百多個詞條和典故。這本無字不慾的、令人歎爲觀止的辭書，編著者永田守弘，已高齡八十五。他曾平均每月爲文評論三十本以上色情小說，簡直就是史上「精力最豐沛」的編輯人。

除了立體奇觀和情慾奇觀，還有一種書的奇觀密技，是檔案化的擬眞資料呈現。比如我有一「盒」（不只是一本）推理小說，它被編輯成一個警局檔案盒的形式，裡頭除了故事本身，還夾帶各種相關證據，比如書信、照片、帳單、指紋、甚至菸草和毛髮。換句話說，你不只是單純看小說的讀者，也可以一邊進行偵探的角色扮演。

這種直接附上相關（僞）檔案資料的編輯形式，因爲製作成本較高，也被用以訴諸不怕高定價的特定粉絲社群。比如我在倫敦和東京二手書店，就曾分別幸運挖到約翰藍儂（J. Lennon）與奧黛莉赫本（A. Hepburn）的傳記。書中夾頁，滿滿隨附了他們生平的點滴記錄：包括手稿、照片、票卷、宣傳卡片等等複製印刷品。

法國作家福樓拜（G. Flaubert）在《戀書狂》（*Bibliomanie*）中曾寫道：「他愛書的氣味、書的形狀、書的標題……手抄本裡怪異難解的歌德體書寫字、插圖旁的繁複燙金鑲邊。」的確，書能投射的景觀千奇百怪，且扎實得很，一點都非虛擬。紙本召喚來的奇思幻念，誘引出的情慾迷戀，永遠令人驚異讚歎。

書裡書外的優雅身影

人們常以爲，「優雅」（grace）屬於上流社會、時尚明星或文人雅士，彷彿這個形容詞和它所體現出的儀態和氣質，與庶民大眾沒有太大聯結。某種盛行的偏見甚至讓人們以爲，優雅的對立——粗鄙、冒失、慌亂之類，是勞動階級或鄉里村民的行爲常態。

即便不用社會學家從刻板印象或權力定義的角度來破除迷思，神經醫學家、心理學家和運動協調專家皆已透過科學研究發現：所謂優雅，在本質上無關乎樣貌美醜或才智高低，其實是人人都具備也需要的平衡能力、一種收放自如且又專注凝神的體態和心智。

無論是農夫、技工、廚師、主婦或運動員……執行工作中的俐落感與結束工作後的鬆弛感，能自然適切呈現，就是一種優雅。

然而，在這個資訊和壓力都超載的現代情境中，人們相互緊逼、彼此催促，片刻都停不下來。於是也愈來愈難回返「優雅」本能，善待自身和他人。於此同時，在媒體框架中，「優雅」也被束置高閣，把它排除於庶民日常之外，視為有錢有閒階級的妝點產物。

據此，曾獲普立茲獎的資深舞蹈評論家考夫曼（S. Kaufman）提醒我們：「優雅意味著一種心滿意足的靜默，因此不會喧噪唐突……我們需要歸返優雅狀態，而且必須獲得奧援。」她寫了《凝視優雅》（*The Art of Grace*）這本書。廣泛取材自政治、影音、運動、表演藝術等各領域案例乃至她自身生活，從中挖掘出體現「優雅」的動人時刻。

在閱讀這本書的週末夜裡，我不僅讓博學機智的作者導引著自己，咀嚼反思關於優雅的種種。更精確而言，沉浸在閱讀這件事本身，根本就已是日常不可或缺的優雅習作。我這麼說，或許有人不免內心嘀咕起來：如此連結會不會太假掰了點？

當然，倘若你還是把「優雅」當展演姿態（而非內化心態），閱讀與優雅的關聯便顯造作矯飾。相反的，如果閱讀就是「無所為」的目的本身，而不是要藉以達成什麼的手段，那麼它便能和優雅同聲一氣，彼此聲援，相輔相成。

長久以來，台灣教育最大問題之一，就是考試逼迫學生吞嚥過剩的教材內容，這導致多數人都勉強、厭煩甚或害怕「念書」。因爲很少能單純享受非工具性、無所爲的閱讀愉悅（也是逾越），慢慢便很難想像書與自己日常生活、與身體感官的無限細瑣連結。沒有了這些想像的落實，的確書和優雅就彷彿只是外於己身的裝飾物件罷了。

然而一切如此簡單，不過就是人在「閱讀中」所圈畫創造的獨特氛圍。首先是出發前往、凝神沉浸於書中的他方世界，然後是歸返、迴響、連結到現實的自我生活。這自由去回的心靈旅程，無論情緒歡喜憂傷，都是一種自在從容的優雅。

攝影家柯特茲（A. Kertész）在一九七一年出版的照片集《*On Reading*》，肯定是史上最能呈現「閱讀之優雅」的細膩記錄吧。大師瞬間定格的靜謐雋永氛圍，不只來自純熟的攝影技術本身，也更是從不同被攝者、在世界角落專注閱讀的神情與姿態，所共構出來。

無論是在候車月台或移動車上、高樓屋頂或公寓陽台、繁鬧大街或靜僻巷尾、春日公園或冬夜酒館、廢棄建築或鄉野教會……男女老少既抽離又沉浸在自我與他人對話的世界。現實社會中的他們有著際遇各異的人生，卻不約而同證驗了考夫曼書中所說：「優雅是一種傳遞安適幸福感的過程。」

只是如今，閱讀風景似已逐漸改變。即便閱讀風氣鼎盛的日本，在電車等公共場所中翻看實體書的人口確實銳減。畢竟在行動資訊載具無遠弗屆的年代，書轉換成沒有重量的電子檔案，讓你毫無負擔地隨身便可攜帶千百本。

許多文化工作者對此感到憂心，我倒是從容樂觀以待。就像是串流音樂不會消滅黑膠唱片、數位相機兼容並蓄 Lomography，書的載體與閱讀形式或許改變，但作爲讀者的身分認同卻永不逝去。

無論你如何看、看什麼書，別忘了閱讀的本質，就是身體和靈魂同步自由的優雅實踐。

那些貓狗與書，以及人生

好友養的貓，年老過世了。總是一派搖滾硬漢的他，哭得唏哩嘩拉，在臉書上連續幾天都是追憶貓兒的圖文。我完全可以感同身受他巨大的失落和哀傷，雖然我也已經很久沒養寵物了。

最近一次是五年前的金魚，當時只是偶然玩了懷舊撈魚遊戲的收穫一隻。本以爲這樣的魚兒活不久，沒想到被暱稱爲「阿金」的牠意外長壽，竟也就陪伴了一段悠悠歲月。有天返家牠突然就無預警翻肚，我沒想到即使「只不過是隻金魚罷了」（大家可能也這麼想），內心的難過還是扎扎實實。

自從十年前，曾養過很久、朝夕相處的狗兒離世之後，我其實就不敢再養寵物，因爲覺得再也承受不了失去牠們的虛空。當時，我還寫了篇文章獻給牠一起火化。我說牠不只是家人的寵物，更是自己青春人生中，無法輕易割捨的一部分。就像昆德拉（M. Kundera）於《生命中不能承受之輕》（*The Unbearable*

Lightness of Being）所說：「一條跛腿的狗，代表了他們生命中的十年。」

在這本書的英譯初版封面上，簡單幾筆勾勒了一隻狗的形象，卻如此意象鮮明。書的末章既不寫情愛的糾葛、也不再談革命的失落，全然只是男女主角共養的一隻小狗，在罹癌末期被施以安樂死的過程——緩慢地迎向一個生命消逝、與一段生活重啟的，重與輕交織的過程。

這隻名爲卡列寧的小狗，無疑是個巨大卻纖細的隱喻。約翰伯格（J. Berger）在〈爲何凝視動物？〉（Looking at Animals）一文中曾指出：動物是一切暗喻的原型，是人類最早使用的符號，比文字的發明還早。人類和動物之間和諧的「無言相伴」，和人與人之間的陪伴是不同的。因爲無法眞正溝通，對人類來說，牠們可以任意在不同意義間流動。牠們總是「既屬於那裡又屬於這裡」。

伯格犀利而溫柔地說：「寵物使得飼主的人格更加完整，使他無法在別處獲得肯定的某些性格面可以發揮出來。寵物眼中的『他』和任何人眼中的『他』完全不同，寵物可以提供主人一面鏡子，照見任何其他地方所無法反映的部分。」

非常愛狗貓以至於不再敢輕易養狗貓的我，倒是有很多「狗之書」和「貓之書」。比如我最欣賞的當代日本小說家之一小川洋子，她在《婆羅門的埋葬》（ブラフマンの埋葬）描述了一隻流浪狗從受傷被拯救、到被豢養、乃至最後離世而埋葬的生命旅程。小說裡呈現了一種比紀錄片還更細膩深描的凝視：狗兒的睡眠、飲食、移動、情緒……甚至是尾巴的各種表情。

當然，在我原本就已書滿爲患的攝影集收藏中，狗貓身影更是大量跳動在書架上下。比如我有大久保ゆう子拍的黑貓調皮日常。她的黑貓眼睛圓滾骨碌，簡直就是宮崎駿動畫《魔女宅急便》裡、跟在琪琪旁邊「吉吉」的翻版。

我也有擅長拍人物的梅佳代，在二〇一六年末發行的《白い犬》。這隻名叫Ryo的流浪犬，在她十八歲的暑假偶然出現。一開始她和家人都不太能接受這隻脾氣有點怪異、不甚討喜的白狗，但慢慢一起生活久，默契便滋長出來。然而某夜，已然年老衰弱的Ryo，在異常溫馴地進屋子裡和父親撒嬌後，竟然就在無人知曉的深夜，自己默默離開了那個家，朝著屋外深山而去，不再歸來。

Ryo的行爲其實不太像典型的狗，反較像貓。倒是荒木経惟拍其愛貓的經典

《愛しのチロ》，裡頭忠實相屬的陪伴之情，常見於人狗之間。荒木原本並不喜歡貓，奇洛（チロ）（是他妻子陽子帶回來的。從一九九〇年太太過世後直到二〇一〇年奇洛也走了，二十年間這位攝影大師就與貓兒相依爲命。奇洛也是他與逝去愛妻、持續保有一種親密關係的奇異連結。

荒木如此回憶奇洛離世最後一刻的畫面：「牠倒下時還是像平常一樣地看著相機鏡頭、看著我，眼中泛著淚光。看見這樣的牠，心都碎了。」他說：「當你活過了那三次死亡（指父母與妻喪），你就能成為一位攝影師。然後，當你摯愛的女兒（指愛貓）也逝去了，你將成為一位詩人。」

奇洛離開的隔年，發生了三一一大地震，而荒木本人同時也因癌症，開始接受辛苦的日常治療。這些人世的生死聚散、無常荒涼，大師似乎也只能透過愛貓背影投射出去的景觀來理解了：

「我特別留意奇洛偶爾驀然凝望陽台景致的片刻——也許是某種醒悟，或是不斷地思考、觀望、聆聽、望向天際等等，就這樣靜止不動地看著外頭。這種背影完全征服了我，其中似乎包含著人生的無奈，向我訴說著各種故事。」

&
Premium 9
猫がいる。

紙本雜誌如好酒之必要

還記得二〇一〇年春天，iPad在全球掀起炫風，三個月賣了近五百萬台，被譽爲「史上最成功的3C電子產品」。賈伯斯（S. P. Jobs）在當時意氣風發宣告「後PC時代已革命性地降臨」。iPad比筆電輕薄便宜、比手機螢幕大多，讓舉世驚艷且紛紛預言：報紙、雜誌和書籍，都將因此方便閱讀的行動載具而走入末日，數位內容將取代紙本出版。

然而，iPad熱潮並未延續太久，從二〇一四年銷量便持續下滑，二〇一五年更是狂跌超過兩成。反倒是，相對於這波平板電腦神話的迅速崩解，二〇一四年卻是歐美紙本雜誌豐收成長的一年。光是美國境內單年就有八百五十五種新雜誌誕生，數量比前一年成長超過兩成，且這些新刊物多半都是訴諸分眾族群的獨立雜誌。

無獨有偶地，二〇一四年底在日本的《*pen*》雙週刊，做了一個華麗的封面特集：「紙本雜誌眞的快要滅絕了嗎？」編輯們急切地嘗試從各個角度切入，爲紙本雜誌無可取代的價値熱情辯護，像是「多樣性與專業性的深掘」、「封面與人物攝影的質感」、「特集製作與人生記事的交會」等等。

很顯然，「用平板瀏覽數位內容，將消滅紙本閱讀」的預言，尙未徹底實現。即便傳統紙媒的廣告量，的確因網路投放而大幅減少，許多雜誌也因轉型失敗而吹起熄燈號，但直到今日，紙本雜誌的創刊熱潮卻還在持續。

根據密西西比大學雜誌創新中心主任 Samir Husni 教授（被尊稱爲「雜誌先生」）的統計，即便相對於人文薈萃的歐洲，比較急功近利的美國，平均每一個月也都仍有二十幾種定期發行的新紙本雜誌問世。

晚近最具代表性的美國獨立雜誌之一，當屬來自俄勒岡州小城波特蘭、紅遍全球的《*KINFOLK*》（甚至帶動了小城的文化觀光）。這本素淨、慢調而被視爲療癒系代表的生活風格誌，構思於一對夫婦的家常餐桌上，他們希望藉此分享簡單幸福的日常基調：舒緩、趣味與專注投入。整本雜誌的內容，也因爲企劃力強、圖文精美、沒有廣告、大量留白，沉靜地營造出充滿凝視、反思和遐想的閱讀沉浸氛圍。

至於大西洋對岸的英國與歐陸，紙本雜誌文藝復興的趨勢更是有過之無不及。比如創刊於阿姆斯特丹的男性時尚誌《*FANTASTIC MAN*》，在二〇〇九年於倫敦推出女性刊物《*the gentlewoman*》。兩個兄妹雜誌的品牌形象，乍看刊名字體（前者是稜角銳利的大寫，後者是圓潤收斂的小寫），似乎符合陽剛與陰柔的不同氣質，但翻閱封面攝影與內頁美編，很快就會發現，這兩本時尚雜誌其實挑戰、倒置著兩性刻板形象，呈現出堅毅、專業化的酷女，與優柔、家居化的美男。

還有在美國誕生、英國發行的半年刊《*CEREAL*》，二〇一二年創刊時首刷僅一千五百本，但是到了二〇一五年，一期已印至三萬五千本，且很快便完售。二〇一六年甚至推出了韓、日、中三個外文譯版。雜誌主題從一開始的食物和旅遊，到第五期後擴展定位爲生活方式。同時，雜誌社也推出單行本的城市旅遊指南。很多人一開始都唱衰這根本沒有市場，沒想到第一砲的紐約、與隨後發行的倫敦指南，都不到半個月就被搶購一空。

位於倫敦東區的新文化重鎮Shoreditch，不僅聚集大量的風格咖啡館、服飾店和設計工作室，也是各類型獨立出版的新創聚落。在這裡有一家經常擠爆的複合藝文展演空間「The Book Club」，每個月都會和知名網站「Stack」（一個為讀者量身推介、挑選與訂購遞送的獨立雜誌流通平台）合作，切入不同主題舉辦「與總編輯有約」之類的問答活動。還有位在巴比肯藝術中心（Barbican Centre）和大英圖書館（The British Library）之間的「magCulture」，店裡展示販售超過三百五十種獨立雜誌（每天更替上架），讀者座談也總是爆滿。

《哈潑時尚》（*Harper's Bazzare*）所屬的赫斯特（Hearst）集團英國商業營運總監Jean Wolfson，在接受《老派科技的逆襲》（*The Revenge of Analog*）作者大衛．賽克斯（D. Sax）訪問時曾表示：「印刷品的讀者比數位版讀者來得有價值……他們跟雜誌的關係比較密切，忠誠度也比較高。」這種深刻堅定的認同感，其實不單靠行銷宣傳，而更是仰賴小團隊編輯專心企劃、不同專業作者精心創作，與來自世界各地讀者用心共鳴——這三方共構共享的分眾文化氣味、生活態度與實踐。

日本雜誌界首屈一指的藝術指導藤本やすし，曾在其自傳最末說：「雜誌設計師的工作是比任何人都早一步，抓到那個時代的氣氛與感覺，並將它反映在雜誌的頁面上。」雜誌人就像時裝設計師，扮演潮流設定的角色，無論他信奉的是左派右派、前衛派或復古派。

有趣的是，即使藤本先生對未來的數位媒介抱持樂觀開放之姿，他在自己的書序中仍忍不住地可愛告白：「不過，我最喜歡的終究還是紙本雜誌啊！如果我設計的雜誌能像陳年好酒般流傳於世，我將感到至高無上的喜悅。」難怪，身爲雜誌愛好者的我們，翻閱一頁又一頁，亦如啜飲美酒一口接一口地陶醉著啊！

書與風尚雜誌（與生活的百種提示）

在風尚雜誌開了一個有關閱讀的專欄，坦白說形式上或許容易落入老梗。「不就是推介和評論幾本書給讀者罷了」，如果我是編輯肯定會遲疑一下。「難道沒有比較不同以往的寫作設定嗎？」我這麼質問自己，也設想讀者可能如何期待（或者沒有期待）。畢竟，翻開一本風尚雜誌的主觀動機與客觀情境，多半是相對悠閒舒緩的，誰想看我推著眼鏡、叨絮某書之讀後心得。

於是，我把佔滿書房一整面牆的雜誌抽出來找靈感，很快就有了一個趣味發現：許多日本風尚雜誌，無論讀者設定是男女老少，都不約而同喜愛以書作爲封面故事的主題，且出現頻率不低，幾乎與各種電影和音樂特集三足鼎立。

比如指標性的風尚雜誌《*BRUTUS*》，在二〇一五新年刊便做了『讀書入門』特集。乍看嚴肅硬派，其實相當活潑。編輯採訪了數十位藝人明星、達人名家，由他們的日常角色出發，延伸推介了近四百本類型各異之書。

引人入勝的是其企劃概念與規劃方式，包括這些受訪者在其書中作了哪些註記與畫線、在不同生活時空裡的閱讀選擇（如餐桌書和廁所書、通勤書或旅途書）、哪些書不該只是默看更適合朗讀出聲、以及如何挑揀作爲各種親密餽贈的禮物書等等。

該雜誌幾乎每年都會製作一次以上的讀書特集，像是二〇一三新年刊的『本：男人必讀和女人必讀的兩百一十二冊』，首頁便破題以三島由紀夫 vs. 西蒙波娃的巨著展開對話，霸氣十足。接著切入大大小小、包羅萬象的人生問題，作爲與讀者溝通的介面，據此引介帶有「療效解方」的各種作品。最後，以八個攝影跨頁，對稱呈現男女一生不同階段的書架與書，溢散滿滿的雋永文氣。

另一本男性風尚雜誌《*HUGE*》，則在同年隔月作了『GO！BOOK STORE！』專題，不僅介紹特色獨立書店（從東京一路南向新加坡、西進布魯克林與波特蘭），更深入它們的身世歷史、及其與社區鄰里關係、居民情感交流等討論。

翻到這裡，我都快忘了它們原來的時尚屬性，幾乎要誤認是全面的改版轉型，成了藝文刊物或出版資訊誌。不得不說，這些雜誌編輯眞是藝高人膽大，畢竟於出版市場景氣持續低迷的此刻，以獨立書店作爲特集選題，擺明不在意大眾口味。

而除了直球對決的路數，日本風尙雜誌處理書的題材尙有另一路線，看似相對迂迴，卻反而開展出更大想像空間。比如《*POPEYE*》，在二〇一三年夏天就做了一個『咖哩與書』封面特集。刊頭的八個跨頁攝影，是輕便休閒都會男孩打扮的混血男模，在落地窗前一邊吃著咖喱飯、一邊看書的有趣設定。

咖哩到底和書能怎麼兜在一起，才不牽強而有奇趣，雜誌裡大致從幾個面向予以連結：季節感，說的是夏秋之交，食慾刺激和閱讀充電之必須；而時代感，則引用大正昭和時期文人作品裡，常出現以咖哩裹腹、便宜補足創作精力的自述；還有，東京神保町周邊，許多老派洋食餐廳與知名古書店比鄰而居的空間感。

更進一步讓書等同於風尙單品，女性時尙雜誌《*GINZA*》則在二〇一四年冬季製作『書與外套』封面特集。述說精采的文庫本小書、與精緻的大外套口袋，如何找到彼此相互填滿，進而提供給讀者從外到裡、從頭到腳都溫暖自在的身心體驗提案。

透過設定精準的現場攝影，氣質女模身著好看又舒適的保暖外套，在候車月台、在公園、在建物階梯、在書店等生活場景中忘我閱讀著，或將書本牢靠地和手一起放入口袋摩擦回溫。當然，書在這裡絕非僅作爲拍照情境道具，也有大量切合季節與心情的作品推薦。

這些一躍成爲雜誌封面主角的書，巧妙媒合了作家與讀者、以及設定並邀聚這場閱讀盛宴的雜誌編輯，共同成就了一門新穎的「閱讀關係學」，訴說著書與「某種什麼」邂逅後的火花靈感。這些文化與時尚工作者的創意合作，持續讓書在這個數位網路時代中，仍能作爲千百種生活想像提案的驅動馬達、也扣緊一條連結形形色色有趣人事物的關鍵皮帶。

在二〇〇九年出版的拙作《物裡學》中，我曾寫道：「一本書同時還可能是一首歌曲、一頓宴飲、一個空間、一段歷史、一場戰役、一回妥協、一種想像、一輪回憶、一趟旅程，或一次毀滅……」

如果透過在時尚雜誌的一個專欄，可以不斷探索「書與××」或「××與書」的延伸聯想，讓看似無關聯的人事物，產生新的有機連帶，讓既存某種關係的人事物，發生新的化學反應，那麼無限廣義的閱讀經歷、與無數有趣的生活提示，將更緊密交織、改變人心。

感謝創刊號，我生命中的驚歎號

我蒐藏世上各種雜誌的創刊號。但完全不具系統性，並非帶著執念、很花錢費時的那種，純粹只是邂逅式的蒐藏。機緣巧合在旅途中偶遇了，就好奇興奮地把它帶回家。有時也會用郵遞，於是結束旅行回返工作某日，突然就收到寄給自己的一本「創刊號」。就算那天過得再灰暗，也都因此閃現亮光。

熱愛每一本創刊號所散發出的氣息，無論它來自何處（即便是我並不甚喜歡的國家）或歸屬何類。每一篇發刊詞都既像是一則宣言，用力地想對世界吶喊出自己不同的信念與獨特的姿態；也像是一段告白，大膽包天卻也小心翼翼地面朝讀者，娓娓訴出從今而後它將如何陪你一段人生。

二〇一〇年初春，我和一群熱血年輕朋友，共同創辦了《*cue*》電影雜誌，在「發刊告白」中，擔任總編輯的我就曾這麼寫道：

「既然電影和人生，總是互為 déjà vu（似曾相識），我們或許需要一些『連結』的提示……不敢誇言這是個偉大夢想（儘管所有朋友聽見這年頭還有人要獨立辦雜誌，都笑說太熱血也太冒險了），只是盡力 make cues，把電影這最無遠弗屆也無孔不入的夢想載體，和生活中諸多有趣事物，巧妙連結起來。」

「cue」的原意是一個暗示訊號，提點人們如何行動。所有表演，都會透過各種 cues 居中串連，而能順暢呈現。我記得那時一整個從寒冬跨進暖春，團隊還沒棲身之處地四處游擊，光是腦力激盪想個刊名就已人仰馬翻。原本一度要以「déjà vu」爲名，但總覺不夠俐落，於是作罷。

倒沒想到，幾年之後，《*cue*》停刊了，我卻在東京神保町古書店，撿拾到一本一九九〇年七月發行第一號的《*déjà-vu*》攝影雜誌，來頭可大。編輯長是日本當代最重要的攝影評論家之一飯沢耕太郎，而森山大道在這本創刊號裡也扮演關鍵角色。讀著發刊詞，我深深被這般跨越時空卻「似曾相識」的思維交會所撼動。

二〇一七年夏天在首爾，我也偶遇了另一本令自己心神蕩漾的創刊號《*bold journal*》。光是從刊名字體刻意反差使用秀氣小寫（「bold」明明是帶著霸氣的大膽冒險啊），就可感受到這本新刊的勇敢挑逗企圖——它要提供的是「給現代爸爸們的生活課程」。在性別刻板框架仍相當固著的韓國，竟能迸出這麼帥氣啟蒙的雜誌！

由此亦可窺見生活類型雜誌的微妙轉向。長久以來，分眾化的消費主義邏輯，與主流生活風格雜誌的製程緊密交織。但晚近卻有以「生命週期」重新切分訴求的趨勢，讓每本雜誌都彷彿提供了一次人生通過儀式（rite of passage）。於是，商品型錄感變少了（甚至內頁亦無廣告），取而代之是故事集般的內容。如果說，前者總是帶給讀者欲求不滿的消費匱乏感，後者則嘗試提供豐盈飽滿的生命連結感。比如我所蒐藏的《つるとはな》二〇一四年創刊號。

這是本老人生活（風格）雜誌。裡面出現的多數人物甚至比家母還年長，但我卻讀得津津有味。初登場的是一位從旅行社退休的素人阿姨，她在三浦海岸自力蓋了間隱居之屋，返璞歸眞地生活在如同生態博物館的家裡。然後是專訪指揮大師小澤征爾，平靜分享他因病淡出樂壇的療養心情。

除了人物，也討論老人的時尚（展現自然不染的白髮之美）、雜貨（關於一座木造搖椅如何舒適的祕訣）、科技（該把哪些資訊放在USB裡隨身攜帶）等等，這些有趣資訊不僅對銀髮族確實有用，且透過活潑輕快的版面構成，同時訴諸年輕讀者——誰說老人一定不潮？許多智慧絕對值得聆聽。

還有與貓一起的生活風格誌《*MILL*》。二〇一五年創刊號裡最令我驚喜的其中兩處，就是「貓目線」的日常攝影（夏目漱石《我是貓》裡的片段一直浮現），以及咖啡職人用極細緻的寫實風格，在杯裡拉花出一座優雅的貓肖像。至於貓與書、與電影、與設計物件，都是過去所謂寵物雜誌鮮少出現的命題。

很顯然，在資訊爆炸的網路年代，紙本雜誌反其道而行。那是一段緩下來也靜下來、凝神片刻的邀請。因爲讀者在捧讀翻閱的那一刻，並無法快「刷」或超連結到別處，所以細嚼慢嚥由寫作、編輯、設計與印刷等跨部門協力完成的點滴成果，便成了這時代最奢侈卻也最美好的閱讀體驗。

而每一本創刊號，飽含著製作者「就是想說」的勇氣，與「得如是說」的冷靜。感謝它們，像是提示我人生走到某一階段、幽暗轉角，仍可循此遊牧而去的，明亮的信號彈。

ICON

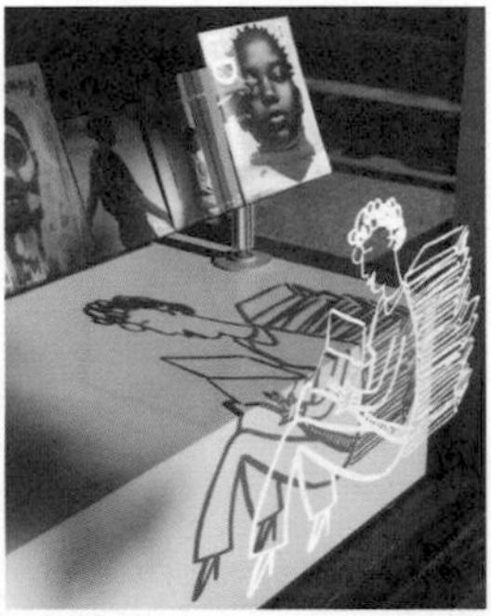

MAGCULTURE

SLEEK 59
Now this week
VICTORY

We love magazines
MAGCULTURE
270 St John Street
MAGCULTURE

關於《戀人絮語》的，戀人絮語

Dear，你知道的，我鮮少沉默寡言。喜歡和你說話，我總是叨叨絮絮地，說著。

都在說些什麼呢？或許記得的不表示重要，忘記的也並非不在乎。因爲戀人的訴說不爲別的，多半只爲訴說本身。就像羅蘭巴特（R. Barthes）所形容：「無數片段的話語，一有風吹草動就紛至沓來。」

你知道的，我愛極《戀人絮語》（*Fragments d'un discours amoureux*）這本書。所以當出版社前來邀稿，我開心一口答應，而後卻腸枯思竭不知該如何進行所謂導讀（學術體的書寫總覺無趣）。

於是我決定東施效顰，甘犯大忌地模仿巴特；我要把他的後設討論再一次後設化，將他的開放文本又一遍任性重寫。

以對你的絮語爲名。

A：ATTRACTION 吸引力

關於述說戀人的吸引力為何如何，其實就像是一堂符號學的導論課：請區辨哪些是「吸引力」這個愛情符號構成的物理性樣態（身材面貌）與社會性意義（形象感覺）？哪些吸引力是明示在外、而哪些則隱藏在內？最後，請思考構成這些「吸引力」之所以成立的反面對照：毫無吸引力。

B：BODY 身體

身體如果單純作為性慾對象，就只是消費的——行為上快速而明確的發洩與「完成」；但如果成了愛慾對象，便有了發掘探索的生產性。戀人常會不疾不徐地瀏覽、然後仔細端詳彼此的身體，用巴特的譬喻來說：「好像孩子們拆開時鐘，想看看時間究竟是啥玩意兒。」

C：CHOICE 選擇

日常生活的行動多半是非此即彼的選擇，就像看足球賽總會挑一隊來支持。

然而戀人間的狀態卻經常模稜兩可——有時進退維谷，有時並行不悖；於是既歡樂又悲傷，便成了電影裡演員最難詮釋的戀人表情（巴特倒是將親愛的你詮釋得精準無比：「我偏要選擇不做選擇；我情願吊著，但我是在繼續下去。」）

D：DISASTER 災難

戀人的世界末日，在於彼此所共同成就之不可逆的局面。巴特的描繪相當鮮明：「我是如此整個身心都投射對方身上，以致他一旦不存在，我就再也無法抓回我自己，恢復自我。我徹底完蛋了。」看來愛情的災難其實就是鏡像的破滅——戀人以爲必須看著對方，才能照見自身；於是鏡子不存在時，即使人仍直挺挺站在原地，卻竟然再無法意識到自己。

E：EMBRACE 擁抱

擁抱總是指向一體兩面的身心狀態：倚靠與束縛；從此我們相互需要卻也相

互約制。這微妙的結合動作竟讓戀人互爲母子般地依存，難怪巴特覺得，擁抱讓我們既在夢中但又清醒，感受著孩提時代聽講故事即將入睡前的快感。

F：FRAGMENTS 碎片

這是《戀人絮語》的書名關鍵字（法文原版和英文譯本都相同）。巴特爲這些「碎片」找到了安身立命的家——一個語境的結構。彷彿政治聲明般地，他宣稱要幫零碎飄散、到處可聞但卻又備受壓抑排擠的絮語們，平反。就像在戀愛中愈是無益之事，可能愈有意義、也愈能顯示其純粹力量。碎片般的話語也是。

G：GIGGLE 傻笑

戀人突如其來孩子般的傻笑，雖然有點莫名所以，卻彷彿說了千言萬語。傻笑像是巴特倡議的開放文本，先讓讀者（儘管只有唯一一位）自由再寫，爾後又一起跟著，傻笑。

H：HEART 心

心和心臟是不同的，巴特說心會隨著慾望與想像，擴張或收縮。我想，心因此不是一樣東西（器官），而是一種過程，可以託付或奉獻出去，也可能壞死或粉碎。甚者，在消費社會裡，心成了一個符號，人人都會畫、會比的簡單圖像，流行歌曲日以繼夜、耽溺唱著的字眼。親愛的，當這世界「心」的數量遠多於人口數時，我想你經常的無心恍神，或許是種美好特質。

I：I LOVE YOU「我愛你」

與其說這是一句話，不如說是一個口哨。在無數情境中戀人反覆地吹響它，明亮地，卻沒有一次音韻完全相同（儘管期待著相同的回聲共鳴）。「我愛你」因此不算是告白或誓約，只是個清晰明瞭的，cue。

J：JEALOUSY 嫉妒

巴特談論嫉妒實在太過犀利，我崇拜又嫉妒，實在無言狗尾續貂，只能全文引述複誦：「作為一個愛嫉妒的人，我得忍受四種痛苦：由於我愛嫉妒，由於我因此責怪自己，由於我擔心我的嫉妒會有損於他人，又由於我自甘沒出息：因此我因受人冷落而痛苦，因咄咄逼人而痛苦，因瘋狂而痛苦，又因太平庸而痛苦。」（所以我該因太平庸的痛苦而就此停筆了嗎？）

K：KISS 吻

青少年期的愛侶，會以棒球攻佔壘數來比喻不同「階段」的身體接觸：接吻被當成是擁抱（上一壘）之後的跑進二壘（在愛撫和性交之前的接觸程度）。但或許只要一個深刻的吻，就堪稱一記全壘打；因爲相較於動物進行交配，複雜的吻卻是人類獨有。其實有很多部落接受婚前性行爲，卻嚴禁婚前接吻；對他們來說，口中呼出的氣是靈魂的體現，吻則是兩個靈魂的交合。那麼就讓我們的吻成爲一個多重喻意的載體，而不再只是急欲過渡到「下一階段」的生理作爲。

L：LOVELY 可愛

「可愛」這形容詞很有趣可愛，它總是無須附帶說明地同義反覆且自體證成（「你好可愛所以我很愛」）。訴說一種籠統的可愛並非便宜行事，親愛的希望你能明瞭，那是遍尋語言、卻沒辦法精準描述你的整體性（而非局部）完美時，不得已採取如巴特所言：「一種語言疲乏所留下之無可奈何的痕跡。」

M：MISS 思念

如果戀人絮語有個排行榜，「我想你」說不定有可能比「我愛你」還來得經常被說出口。訴說思念時，在光亮的那一面是聚合的想望，但同時在幽暗的另一面，卻又琢磨著離散的想像。思念因此不是消極的唉嘆，而是如巴特說的「成了一種積極的活動，一樁正經事（使我其他什麼事都幹不成）。」

N：NO 不

戀人們都想從他們辭典中刪去的字（然後處心積慮找各種委婉的替代字）。

O：OBJECT 對象

「戀人愛上的是愛情本身，而非情侶。」巴特這麼說。我想他會同意——我愛上的也可能是閱讀本身，而非《戀人絮語》。

P：PERSIST 執著

巴特認爲因爲戀人充分肯定著愛情中有價值的東西，於是愛情中所謂「行不通」的因素也就無足掛齒——「這種執著便是愛情的示威」。人們常說愛情使人盲目，我倒覺得愛情讓人「白目」（「對，我都知道，但我還是要……」）。

Q：QUARREL 爭吵

爭吵是生命中必要的好萊塢B級電影，有時候你就是突然不想扮好角色，也懶於澄清事實或討論轉機，只想放任話語，以一種故意誇大的姿態荒謬演出（於是顯得驚恐又好笑）。爭吵和旅行一樣，其實都鮮少帶著明確意義出發，卻總諷刺地宣稱將找到一些意義。巴特因此花了較多的篇幅，向我們證明：

「爭吵是一種沒有受孕風險的交歡。」

R：REPEAT 重複

愛侶之間的對話是最不害怕重複的台詞；或者說，不厭其煩地表述（無論就形式或內容而言），本身即是戀人絮語的核心運作。愛情是帶領我們逃離日常例行牢籠的靈光，但我們卻以無數日常例行話語（「我愛你」、「好想你」……），捕捉這道靈光。

S：SATISFACTION 滿足

滿足是一種「飽得剛剛好」的狀態，一種不多也不少、完美吻合的感受。然而愛情泰半時候卻如我們的衣櫃，裡頭似乎總是少了一件什麼；難怪巴特認爲：熱戀者會自己想像某種「多餘」（或者「過剩」），如此正負相抵，恰如其分就覺心滿意足。

T：TOUCH 碰觸

還未出生的胎兒透過子宮外的肌膚被溫柔愛撫，已經過世的老者隔著入殮的棺木被思念觸及，皮膚觸覺是人類傳達親密關係最直接的感知，這不僅是自然本能更是互動練習。與親愛的每一次（不論有意識或無意中）的碰觸，都引發內心的獨白或應答的探詢。巴特精準定位：「這不是感官的愉悅，而是咀嚼意義帶來的快感。」

U：YOU 你

V：VALENTINE'S DAY 情人節

「戀人感到與情人的任何一次相會，都可以成為一個節日」，如果巴特所言正確，那麼情人節在日曆上被特別標記，反倒有點嘲諷戀人關係的不夠堅實。或許親愛的你願意拿立可白塗掉二月十四的紅字，然後加註辛波絲卡的詩句：「我偏愛，就愛情而言，可以天天慶祝的不特定紀念日。」

W：WAITING 等待

一旦進入了戀人的角色扮演，巴特說就注定成爲等待的一方。然而這話並不苦情，反倒代表了兩人情境劇的關鍵焦點：首先，與等待相關聯的行爲思緒，總是任性地重寫時間和空間的意義，甚至據爲己有；更有趣的是，等待無言地洩漏出一切情緒，矛盾而眞實，且無法喊停。

X：XMAS 聖誕節

諧仿巴特：「商人感到與情人的任何一次相會都應該改寫一個節日。」

Y：YESTERDAY 昨日

與親愛的你述說昨日點滴，其實是危險的誘惑：一不小心，「眞希望早點認識你」和「眞遺憾那時不是我」的微妙心理拉扯就會失衡。巴特舉了一個少年維特以現在式口吻述說過去式畫面的例子；其實倒反也成立：戀人常以過去式的語言講著現在式的種種。

Z：ZERO 歸零

寫作一開始泰半是想寫就寫，與相戀一樣是種套套邏輯（「因爲喜歡所以愛上」）；這種原初的非理性，似乎意在言外地創造了獨特的差異性，成了一切叨叨絮語的原點。由此而言，在書寫與愛情的路上，我們不但無需害怕歸零，甚至還該多多練習。

Dear，我寫下了一些斷裂的絮語，從A到Z，但是 The only thing I “miss” is U / you ——是的，是你；因爲總在想著你，所以無法說清你。你作爲絮語的對象主體，對我來說要客體化地言語對待，是不可能的任務。畢竟我不是少年的維特，也不是熟年的巴特，炎炎夏日我所書寫的既非戀人的傾訴，亦非思辨「傾訴」的學者論述。說穿了這只是篇必須完成的邀稿，我難產失眠的煩惱、對巴特的諧仿致敬、向你的海洋鳴笛而行。

巴特早就宣告：作者已死。每篇文章都面朝讀者開放重寫。那麼 Dear All，各位單戀人準戀人熱戀人失戀人無戀人非戀人……請準備好你們的筆如何?!

Bizarre Love Triangle

其實牠喜歡跳舞。雖然牠向來都只是安靜地趴著，偶爾悄悄起身移位，便又坐下。幾乎不曾吠叫。

但只要放這曲子，反覆幾遍，牠就會朝他走去，抬起前腳搭在他膝上。如果隨著節奏逗弄牠，牠就會開始跳躍，或者快速轉圈追著自己尾巴。

這樣的時刻，牠看起來就是隻活潑可愛小狗，一點都不老。

他並不特別喜歡跳舞，儘管他每天都放這首歌。如今這首一九八〇年代的新浪潮舞曲，竟能使他舒緩平靜，也許就像多數人聽到巴哈無伴奏大提琴曲一樣。

在這個十多坪的一樓老公寓裡，高大書牆環圍四壁，原本採光不差的室內因此顯得暗沉。即使大白天，他還是開著昏黃的燈，閱讀，或者工作。

他是個小有名氣的插畫家，但業界幾乎沒人見過他。拜網路科技所賜，他線上接案、線上交件、線上收款。就連滿屋子的書，除了以前收藏，後來全都來自網購。

沒有電視也沒有電話，但他有一套很棒的音響設備，卻完全不見唱片蹤影。那時全都賣掉了。只剩下後來在抽屜偶然找到的一捲卡帶，New Order 的老專輯。

三年前牠出現，從犬牙狀況判斷，大概就已經七、八歲了。連寵物節目裡元氣飽滿的名犬雅夫和大介都活不了那麼久，這流浪小土狗真的很有韌性。

他們相遇在滂沱大雨的夜裡，他出來察看淹水狀況並準備堆些沙包，意外發現了牠，全身濕透地蜷縮在短淺的門廊下。

他並不想養狗，不想讓自己隨時可能嘎然而止的人生，還有某種生命連帶感（也是種負擔）。然而此刻卻沒辦法不注視牠，牠徹底無助卻又全無所求的眼神。

他帶牠進屋，這是多年來第一次有「人」造訪。他用毛巾與吹風機擦乾、梳理牠的毛髮，餵牠吃了片起司和火腿。翌日颱風走了，醒來時發現牠靜靜趴在門邊。他打開門，牠沒回頭地緩緩離開。他似乎有點失落，但轉念又覺這樣也好。

那晚他去超市，順手買了一罐狗飼料。

三天後，牠突然出現在門廊邊，白色尾巴沾到了路面施工的瀝青，黑了一截，眼角也是。他笑了出聲，雖覺可憐心疼但還是忍不住。很久不曾這樣笑了。

牠住下來，並非以一般寵物形式依存。牠沒有項圈、碗盤和睡墊，甚至連個小名也沒有。他不曾說話、不喊牠，只是默默準備食物和飲水。清晨和傍晚他會開個門縫，讓牠隨意外出晃蕩。

某天，他心血來潮決定放一下偶然發現的 New Order 卡帶，斗室裡瞬間響起遺忘殆盡的樂音。沒想到牠竟然對〈Bizarre Love Triangle〉特別有反應，他很開心。

之後每個晚上，他們就例行性地一起聽這僅存的專輯。這時候，他會逗牠，牠會跳舞。牠會瞬間變回一個受寵的孩子，會甩去所有無語的滄桑苦痛。

他開始後悔之前竟把所有唱片都清掉，否則現在就可以放更多舞曲給牠聽，讓牠跳。

當時，他實在很害怕再聽到一切熟悉的音樂。只要唱片一播，那些狂熱而幾近粗暴、奮不顧身勇敢要愛的血色記憶，立刻就會把他淹沒、吞噬。

七年過去了。

沒想到，距離他曾經許諾相伴的愛人不告而別、隨後發現自己確定感染AIDS的那時，轉眼已這麼久了。他幾乎不再去醫院追蹤檢查病況，平常除了到巷口超市採買食物，亦不曾出門。至今自己還活著，他不知要感謝生命奇蹟或感嘆命運多磨。

這個傍晚，他一如往常地開了門縫讓牠自己出去散步。週末車水馬龍的城市嘈雜趁機流洩進來，讓他感到莫名慌張。他播放卡帶，將音量轉大，即使牠暫時不在身旁，這歌曲也已不再令他害怕，反倒帶來平靜。

「Every time I see you falling
I get down on my knees and pray
I’m waiting for that final moment
You say the words that I can’t say」

陷入沙發，日暮天光隱隱透進，小狗兒喝了一半的水還在碗裡。

作伴活著既不簡單卻也不難。三十多年前的電子聲響，像一個有扎實重量感的輕柔羽絨被，爲他溫暖拂蓋上來。

「I feel fine and I feel good

I'm feeling like I never should」

他睡著了，沉沉的，無夢的，透明的，自由的。

牠像隻貓般地從門縫鑽回家裡。發現屋內正大聲放著牠愛的歌曲，而他躺在椅上動也不動。牠啜飲了幾口水，坐在一旁等他來逗弄。又過了一會兒，牠舔了一下他的腳趾頭，牠從未如此做過。

沒有醒來。

於是牠繼續趴在冰涼的磨石子地板上，聽他與牠最愛的老派跳舞旋律，一遍又一遍。

關於〈Bizarre Love Triangle〉這首歌

如果讓我任性勾選能代表一九八〇年代的事物，毫無疑問英國樂團 New Order 將入列。被發達資本主義，整編進動彈不得的新保守秩序中，年輕人們只能在無數深夜隨著節拍解放身體。這是迪斯可熱舞早已不酷炫、爆裂龐克竟逐漸成了時尚物件的噁爛時刻；但卻也因此激發了下一波新浪潮。一九八六年發行的單曲〈Bizarre Love Triangle〉，並置了悠揚電音與沉鬱聲線，穿梭在輕盈的忘卻、與沉重的記憶縫隙間。

我莫名偏好「珈琲」這個日文漢字。

總覺它似乎提醒著，每顆豆子都是血汗結晶的珠玉。

雖然我們常為了提神衝刺而喝，但或許更該放空地飲。

在反覆奔馳流逝的日子裡，總需一瞬，

安靜無「口」的珈琲風景。

我思

時尚關鍵字：衣附在身體上的詩句

「處在徬徨的現代化關卡，人們欠缺處理正在發生事物的能力，
於是他們透過尋找一件新的服裝來面對。」

——班雅明（W. Benjamin）

美國思想家博曼（M. Berman）在一九八二年寫了本傳世經典：《所有堅固的轉瞬消融於空中》（*All That Is Solid Melts Into Air*）。這個詩意的書名，其實是引自一八四八年《共產黨宣言》（*The Communist Manifesto*）中的句子。彼時，科技和資本，聯手瓦解了過去一切牢固的事物與不變的關係。巴黎正將展開史無前例的城市改造，林蔭大道、百貨公司、咖啡館……孕育出波特萊爾筆下的漫遊者，在奇觀化的街上找尋各種「現代性體驗」（experience of modernity，而這正是此書的副標）。

時尚在這個革命性的歷史舞台誕生了。一開始，浮誇衣飾只是有錢有閒階級的炫耀性消費。逐漸地，對風格與認同的渴望，也擴散至中產和勞工階級的仿效。到後來，甚至出現了庶民由下而上的創造、爭鬥與混融。十九世紀中葉以降的時尚潮流，就是社會關係浮動重組、與現代生活多元經驗的展現。

想像外星人此刻來訪地球，跟你一樣地翻到這頁。我能不能試著大膽爲這一百五十年的時尚，列出十五個關鍵字，從A開始的字首排列，爲他們做個簡報。說說人類的時尚不僅關乎衣著裝扮，更是現代生活樣態的演化，文明進展不可或缺的重要部分。

ANDROGYNY 雌雄莫辨——

時尚總是以身爲度，讓穿著打扮者的性別形象與感受，既優雅又劇烈地擺盪，甚至不斷在挑戰、拓展邊界。雖然時尚乍看是身體的牢籠，二元對立的性別偏見，總是具現在男女裝扮的刻板方式，但時尚也經常挑釁，扮演變性、跨性或無性的角色，提供人們逃脫牢籠的鑰匙。

早在一九二〇年代，因爲一戰過後歐陸年輕男女的人口劇烈消長成一比三，許多女性遂放棄找男人，而改試「做男人」，香奈兒（G. B. Chanel）據此開啟了時尚雌雄莫辨的歷史新頁。相對的，一九七〇年代女性主義進一步「折彎」了硬梆梆的男人，告訴他們不用總是虛張聲勢地必須「陽剛」；同時，大衛鮑伊（D. Bowie）的華麗搖滾、陰性扮裝，也都促使雌雄既可同體，且又流動。

BRA 胸罩——

胸罩的演化，體現了時尚發展的核心精神：衣裝不只是功能效用性的穿著，更是象徵挑逗性的展演。十九世紀後期原本用來支撐女性乳房的胸托，到了二十世紀初搭上低領高腰的服飾風格而設計成胸罩。從女性自主權角度來看，胸罩的時尚化，就是女體先被束縛（包括物理性的實際拘束，以及心理性的審美要求），然後得到某種解放，最後發展出另翼美學的辯證歷史。

比如一九五〇年代流行的緊身套頭上衣，意在凸顯衣服裡面透過胸罩而托高的豐滿乳房；但六〇年代的「焚燒（或脫掉）胸罩」運動，卻積極實踐出女性身心與審美自由的可能。而後七〇年代龐克運動刻意「內衣外穿」，則進一步在「爲男性凝視而穿 vs. 爲女體自由而不穿」的二元對立中，找到胸罩的新出路。

這一切都匯聚在八〇年代瑪丹娜（Madonna）的舞台上爆炸，只見她穿著高堤耶（J. P. Gaultier）設計的金色尖錐胸罩，既極盡誘惑能事卻又挑釁發動攻勢，一時之間讓沙文主義與女性主義都有點不知所措了。

CELEBRITIES 名流——

名流是設計師的愛（某些衣裝可能因此流行全球或名留青史），卻也可能是設計師的「礙」（如果是暴發土豪的招搖，反倒讓某種裝扮變得惡名昭彰）。

史上第一位讓時尚上身的名流，是一百五十年前的拿破崙三世之妻歐仁妮皇后（Eugénie de Montijo）。當時有專屬設計師爲她量身治裝，務必每次社交出場都能吸睛奪魂。她與追隨的名媛們，直接促成了巴黎時尚體系的建立。

而第二次名流革命，則源於一九二〇年代新興的電影工業，現代明星幾乎與時尚設計水乳交融。奧黛麗赫本與紀梵希（H. de Givenchy）的長期合作，堪稱是人類文明史上最美麗的一個驚歎號。

最後是超模（supermodel）的誕生，尤其是九〇年代後，他們不僅展示衣裝，甚且成了跨媒體的商品代言人，以及，各種人心美麗或醜陋慾望的誘發者。

DECONSTRUCTION 解構——

解構這字眼似乎很學院派，但它的精神卻是要搞破壞，或者說，對事物既定秩序、配置方式乃至審美判準的瓦解、倒反或再製。在時尚史上最能代表這種「創造性破壞」的莫過於「安特衛普六君子」（The Antwerp Six）——六名來自比利時安特衛普皇家藝術學院的學生，在一九八〇年代初期作伙殺去倫敦時尚週，霎時前衛的美學震驚全球（簡直像個怪異搖滾樂團一戰成名的故事）。

「重組」服裝甚至穿衣的身體，是他們的核心概念，包括裁縫裡外的翻轉、衣著材料的拼貼、甚至肉身與服裝界線的跨越（比如袖子只有單隻，另一邊手臂則塗上與衣同色的漆料）。他們像是一群自由奇想的時尚詩人，對於衣裝的文法有一種深刻了解卻不願遵守的反骨態度。各種想當然爾、習以為常，都是解構者設法要跨越的界限。

DISPOSABLE FASHION 拋棄式時尚——

時尚的動能雖然基於一種追求，但同時也是一種拋棄，對慾望物件與流行概念的雙重拋棄。這個心理動能，很明顯是被發達科技與消費主義不斷強化的，由此得以讓時尚成爲一個巨大產業，但也永遠遭到浪費物資的倫理責難。

然而用完即丟的時尚，其實在一開始並不那麼污名，相對於昂貴品牌的訂製服，量產成衣是時尚民主化的體現。從此時髦與風格不再專屬於有錢人，甚至在一九三〇年代大蕭條期間，透過便宜的人造布料、簡易的拉鍊設計、快速的縫紉機器，外加方便的零售通路（從百貨到郵購），讓普羅大眾都可負擔擁有。

「平價時尚」在晚近已成全球顯學。只是，流行衣裝過季即扔的態度，卻也成了地球生態不可承受之重。

FASHION SHOW 時裝秀——

正如同時裝不只是時髦的衣裝，時裝秀也不僅是搭個伸展台、找些模特兒穿衣走秀而已，我們必須從「非日常奇觀」的概念，來理解劇場化的時裝秀才行。早在一九三〇年代，服裝秀就已開始加入大量的舞台佈景與聲光效果；甚者，特殊主題的設定（比如馬戲團、占星學或異教儀式），使得秀導（show director）的角色日趨重要，造型師、編舞家、藝術家與配樂家等跨業合作的空間也愈來愈大。

由此，設計師每一季的新作，就不單是提出一組衣服（及其前端概念與後續應用），它同時也必須是一個引人入勝的故事、有時甚至鋪張如史詩。週期性的時裝秀同時也引燃了時尚媒體白熱化的詮釋競賽，畢竟秀只此一次，總需透過報導的再現才能蔚爲風潮。誰如何說、說了什麼，設計師和觀眾讀者每一季都在打量比較。

最後，時裝秀也是建制化與革命性，兩股力量不斷爭鬥的場域——前者樹立威信，後者顛覆霸權。時尚不管外行人看熱鬧或內行人看門道，全在這舞台上。

HAUTE COUTURE 高級訂製服——

一百五十多年前，從英國移居巴黎的年輕服裝設計師沃斯（C. F. Worth），開設了史上第一間爲頂級客戶特別設計與縫製華服的個人工作室，訂單應接不暇，主要來自皇室貴族與新富階級女仕。

訂製服不僅顧名思義地講究布料與裝飾，核心精神更在於它必須絕對地「客製化一切」：細心量身打造是基本要求，同時還得耐心照料委託人的興致和意欲。可以想見，十九世紀後半在巴黎上流社會激烈競爭的服裝設計師們，不只要比創意與技藝，更要看誰懂得討好人心。

二十世紀初，巴黎訂製服公會成立，一年兩次的大型展示也啟動，由此，全球時尚帝國與霸權宣告誕生。

JAPANESE DESIGN 日本設計——

三宅一生曾說：「西方服裝的剪裁取決於身體曲線，日本的剪裁則視布料而定。」根本來說，和服對待身體的哲學，是與西方基於天人對立、心物二元的框架大不相同的。

和服被視爲肉身意念的向外延伸，同時也讓自然景物融入人體。它的構成就是簡單的直線，並無玲瓏有緻的曲折。換句話說，衣著之設計不爲雕琢女體輪廓，而是提供一個連結自然與肉身的介面。

一九八〇年代，三宅一生將和服「一塊布」的概念創新發揚，在巴黎伸展台上大放異彩。於此同時，被並譽爲「御三家」的還有饒富黑白禪意、衣著設計極簡舒適而寬鬆包覆的山本耀司，以及使用不對稱、斜線與開洞等破壞解構意象，進行前衛藝術氣味濃厚設計的川久保玲。他們不僅間接啟蒙了安特衛普六君子，甚可說是，繼十九世紀中葉巴黎藝文圈「哈日」風尚（莫內太太曾著和服入畫、歐仁妮皇后也喜歡和服）的百年之後，掀起巨大東洋文藝復興浪潮。

JEANS 牛仔褲——

走在世界任何一個城市的街道，無論各色人種、男女老少、高矮胖瘦、不同階級，都有一個簡單而共通的衣著語彙：T恤加牛仔褲。

早在十九世紀中期，用單寧布製成、在袋口縫線處以粗銅撞釘加強固定的撞釘褲（riveted pants），就已於舊金山礦工圈子逐漸流行開來。從原本只是勞動者自身爲了讓褲子更耐穿，所實驗出的粗工裁縫，到後來電影工業與成衣產業聯手打造一種「新平民偶像」的大眾認同。牛仔褲既訴諸左翼形象，卻又是流行商品。

總的來說，牛仔褲的革命意義，在於它改變了長久以來時尚都是從上層階級往下影響的「順流涓滴效應」（trickle-down effect），反轉出一種由下而上庶民流行的可能。這微小又巨大的新時尚火車頭，預告了二十世紀後期嘻哈、龐克等街頭時尚的帝國大反擊。

LOW-KEY LUXURY 低調奢華——

隨著一九七〇年代愈來愈多女性菁英在職場展露頭角，尤其是在紐約或倫敦這樣的全球商業中心，女性需要每日實穿、但又能彰顯風格品味的衣著。換句話說，是一種能填補巴黎訂製服與美國量產成衣之間巨大鴻溝的新時尚。剪裁俐落、線條優雅、用色簡單、沒有虛飾……新的美學很明顯不落偏鋒，安全地走在一半復古和一半摩登的道路上。

然而，只有簡約和低調是不夠的，那並無法產生秀異的認同，所以還必須運用奢華的布料材質，比如輕柔細膩的喀什米爾羊毛，或者做工精巧的針織刺繡。這不僅考驗設計師遊走於兩種對立美學邊界的技法、及其對衣著作品恰到好處的拿捏，在二十世紀晚期日益重要的其實更是品牌認同——如何讓消費者樂意穿著諸如亞曼尼（Giorgio Armani）這樣體現「低調奢華」的衣服，看起來或許低調素淨並不張揚，但你卻必須付出絕對奢華等級的購買。

PHOTOGRAPHS FOR FASHION MAGAZINE 時尚雜誌攝影——

時尚雜誌在一百五十年前誕生，但當時的配圖都還是繪畫。直到攝影術的普及、以及印刷術愈來愈高明，拍攝名媛淑女或模特兒穿著當季時髦衣裳的照片誕生了。從此時尚攝影不僅讓人們的凝視、想像、慾望和仿效，更加地聚焦（也更容易被細膩操控），同時也讓時尚雜誌，成爲專業攝影師實驗並競爭其美學與技術的橋頭堡。

歷經二十一世紀的數位革命，修圖軟體加乘社群媒體（有時還可加上整形美容），動輒千萬讚數卻可能千篇一律的網美照片，讓安迪沃荷（A. Warhol）在半個世紀前關於人人都有機會成名十五分鐘的預言成眞，而且加倍誇張。

PUBLIC NUDITY 公開裸露——

法國史學家布洛涅（J. C. Bologne）在《法式裸露》（*Histoire de la pudeur*）一書中曾歸納：「人們看到一個男人或女人赤裸裸地從面前走過時，腦中反映出的是什麼呢？在中世紀是『異端』，十八世紀是『放蕩』，十九世紀是『瘋狂』，二十世紀則是『挑逗』。」

對於公開裸體的意向演進，這段描述頗爲精闢，但若從時尚史的角度來看，現代人對裸露的態度，卻遠比「挑逗」來得多樣複雜。很多時候，一個人的公開裸露（無論是日常衣著的局部裸露，或在海灘全然的赤身露體），並不是爲了指向任何對象的情慾暗示，而只是爲了展現某種自由態度或身體感受。所以青少女會以較裸露的衣著，作爲對抗家父長權威的表現。甚至人們會以脫衣作爲一種和平但又強烈的手段（反對動物皮草是最爲經典的「反時尚」案例）。

如今，我們或許可以把前述引句這麼改寫：「人們看到一個模特兒赤裸地從伸展台走過，在二十一世紀可能既是異端、放蕩、瘋狂、挑逗，也可能是自由的不確定，各種詮釋的可能。」

SUPERMODEL 超級模特兒——

現在還談論「超模」似乎有點復古了，超模的黃金時期是九〇年代。當時伊凡吉莉斯塔（L. Evangelista）這位「加拿大之光」（她是國家名人堂裡首位以模特兒職業入選者），曾霸氣說：「像我們這樣的模特兒，如果某一天沒有一萬美元收入，那天就不想起床了。」

與之強烈對比的是瑞典模特兒 Lisa Fonssagrives，這位二十世紀前期曝光最多、酬勞最高的名模卻說：「伸展台上的重點永遠是服裝，絕對不是模特兒，我只不過是好一點的衣架子罷了。」

在那個金融風暴尚未降臨、網路創業方興未艾的歷史轉角，模特兒以其「身體資本」奮力撐大了一切商機（很多化妝品牌與香水代言的機會從八〇年代就絡繹不絕）。她們積極與品牌合作、上談話節目，甚至經營起自己的獨立事業。從伸展台上的名模，變成螢光幕上的超模，她們再也不只是被雇來展示設計服飾的美女，她們想做新時代的時尚企業家。雖然泡沫經濟隨後破滅，傳統明星回歸，超模氣勢不再，但伊凡吉莉斯塔的豪語卻已銘刻在這段浮誇歷史的一角：「我們不做時尚，我們即時尚。」

T-SHIRT T恤——

T恤原本只是男性的汗衫或內衣，是私領域、與公眾流行無關的著物。但就像牛仔褲一樣，經由電影裡叛逆偶像的仲介，獲得了個性化的新生命。全世界不分族群、階級、性別與世代的衣櫃裡和生活中，肯定都有幾件T恤。

億萬人口穿著自己選擇的T恤，或許是最便宜廉價的衣服、但也可能具有無可估算的象徵價值。它在每個人的前胸或後背貼上符號，直接傳遞出某個訊息、某種態度或認同。於是，不只有幾可亂真的山寨名牌 logo T恤，也有帶著文化反堵（culture jamming）精神的反諷名牌 logo T恤。

而來到網路時代，T恤從設計、生產、流通、消費到再製，每個環節都充滿彈性自由。比如全球各地的影迷，從英國的設計網站可輕鬆買到日本聯名授權的「靠片」（cult film）限量T恤；而消費者不僅可以參與客製化設計自己專屬的T恤，還能在買來的量販T恤上進行獨特改造，比如穿洞、別針或撕裂。T恤永遠不會只是一件T型棉衫了，更是一組組繁複多義的時尚文本。

WEARABLE ELECTRONICS 穿戴式電子用品——

這些事物先是在科幻小說中天馬行空、推陳出新，好萊塢電影則具現它付諸實現的可能樣貌。在科技顧問的橋接下，美術、道具和服裝設計共創出各種穿戴式電子產品，召喚人類慾望與量產商機。這一方面是電子用品的穿戴與時尚化，比如各種音樂聆聽載具（從四十年前的 SONY Walkman 到如今的 iPhone）、內建衛星導航的野外夾克、擁有照相功能的隱形眼鏡等等。另方面則是穿戴服飾的電子化，像是織物與布料的革命——把超薄如紙的 LED「內建」到衣服或帽子裡，甚至透過 VR或AR進行「虛擬著衣」。

有人可能會問：穿戴式電子用品應該是科技趨勢而非時尚潮流吧？我倒認爲，它甚至是當今各種領域的共同潮流：商業的、文化的、藝術的、醫學的、哲學的……畢竟這個關鍵字指涉的不只是已流通於市場販售的實體物件本身，也和許多嶄新觀念息息相關，比如賽伯格（cyborg）這種結合或混融有機體與電子物、使之「人機一體」的存在狀態。

我所挑出的十五個關鍵字及其故事訴說，在這裡告一段落。但這些歷史詮釋，其實仍是相當開放而未寫定的。畢竟時尚眞正迷人的動能關鍵，就是它根本無法找出一槌定音的所謂「關鍵」。任何我們以爲堅固不移的事物，在時尚世界裡都有可能轉瞬消融。相對的，時尚整體的永恆性，始終弔詭卻無違地，建立在無數時尚個體的暫時性之上。回顧這一百五十年，想像下一輪繁花盛世。如果時間是位詩人，時尚就是他以衣裝寫進人們身體的詩句。

GT. EASTERN
STREET
SPLICE POST DESIGNED BY
CAMILLE WALALA

TODAY IS
CANCELLED
GO BACK
TO BED

自由的火種：從反抗的物，到物的反抗

「權力無所不在」，思想家傅柯（M. Foucault）如是說。然而抽象的權力需要具象的物件來體現，於是，權力的物件隨處可見。比如，用雄壯明亮的管樂器來吹奏國歌，讓國旗在眾人立正致敬的氛圍中緩緩上升。又或者，刻有政治人物名字的牌匾或石碑，突兀卻又見怪不怪地被樹立在各種公共空間。

不過，「有權力的地方也會有反抗，即使反抗程度不一而足」，傅柯補充道。也因此，政治象徵（political symbol）總是一次又一次的衝突現身。當某事物代表權威，就會另一事物被製造出來對應它，無論其形式是破壞、挑戰、諧仿、或惡搞。有時候，反抗權力的物件甚至不依附在對反關係上，而全然是種新穎。無中生有、像石頭裡迸出一朵花的藝術創造。

二〇一四年夏天，在台灣風起雲湧的國會佔領運動（即媒體所稱「太陽花運動」）之後，英國維多利亞與艾伯特博物館（The Victoria and Albert Museum，簡稱V&A）舉辦了「不服從的抗命物件」（Disobedient Objects）展覽。當時我人在倫敦訪問，恰就躬逢其盛，且該展亦跟我正進行一個有關社運中次文化創作與物件設計的研究主題緊密呼應。

「抗命物件」展引起很大迴響，相當程度爲該年度參訪V&A創下三百三十萬人次的新高紀錄作出貢獻。時任V&A館長的Martin Roth，甚至將此展連結至V&A的創館理念：「把藝術與設計獻給所有人」。一百六十六年前，創辦人亞伯特王子提出這想法在當時其實有點激進，V&A呼應了支持革命運動的德國建築師森佩爾（G. Semper），他主張博物館收藏應該作爲「一個自由人的良師」。換句話說，那些展出的物件，都可能如同自由的火種。

Martin Roth據此總結「抗命物件」展：「所謂的設計不只涉及專業操作或商業過程，即使在最有限的不足資源下，普通人也可以動手做設計。設計者與行動者生產出饒富創意的抗命事物，他們挑戰了各種既定規則。」

相對於某些取材自社會運動的當代藝術作品，看似挑釁、酷炫，結果反而造成藝術性與社會性兩頭落空；「抗命的物件」展卻帶給我極大震撼，至今記憶猶新。因爲這些物件，根本就不是爲了變成「展品」而被創作出來，它們來自也將回歸抗爭現場，即使那場抗爭「失敗」了，總也還有下一場。

在我看來，「抗命的物件」展衍生了兩個層次的設計反抗實踐：一是無中生有、因應行動需求的「抗命物件」新發明；其次，則是舊物件的新挪用，將日常物件從其原始效用和商品邏輯中解放出來。換句話說，這是一個由「反抗的物」，到「物的反抗」所構成之迴路，兩者互爲因果、也相輔相成。

不像軍事革命，需要眞槍實彈，多數採取非武力抗爭的社會行動，只能靠自己製作兼具出擊與防禦「實用性」的物件。比如說在視覺上能張揚抗爭主張的布條、旗幟、看板，或在聽覺上能放大訴求聲響的設備和裝置。能結合這兩者的例證，在台灣就是各種用小發財貨車拼裝起來的「民主戰車」或「社運戰車」。車身貼滿海報，車頂插著旗子，人們還可以站上去拿起麥克風，透過大功率喇叭，帶領大家喊口號、唱戰歌。

如果連小貨車都買或租不起怎麼辦（亦或抗議者希望能用更環保的方式移動宣傳）？二〇一〇年前後，在哥本哈根與漢堡等地的大型示威中，曾出現許多

「單車戰隊」（Bike Bloc）——將兩輛同款腳踏車，透過一個簡單工作檯橫向連結車身支架，然後在前後左右都架設喇叭，連接固定在工作檯上的筆電。如此，一輛低成本但很環保的人力「宣傳戰車」就誕生了。

除了主動出擊，具有實質防禦功能、又兼具訴求創意的反抗物件發明，近年最具代表性的案例，莫過於「書盾戰隊」（Book Shield Bloc）。它源自二〇一〇年的義大利學潮，然後一路延伸到倫敦、甚至紐約的佔領華爾街運動。

「書盾」的設計概念簡單而有力，就像是上工藝課似地，自己動手捆紮做出一片大書般的盾牌，然後在每面盾牌表面寫上具有反抗或啟蒙精神的不同書名和作者，比如潘恩（T. Paine）《人的權利》（*Rights of Man*）、或歐威爾（G. Orwell）《動物農莊》（*Animal Farm*）等等。

於是在新聞中，我們竟就看到警察拿著警棍兇狠追打，而抗議青年們無畏舉著七彩「書盾牌」在阻擋防禦的諷刺畫面（到底國家公權機器是在保衛或摧毀文明呢？）

上述這些抗命物件的誕生，雖然大多是無中生有的發明，但其所使用的素材卻經常是日常用品。這就衍生出前文所言關於舊物件的全新挪用。也就是說，要製造反抗（權力體制）的物，同時就要讓物先反抗物自身。最清楚的例子之一，就是二〇一三年土耳其和希臘的反政府抗議者，爲了在警方發射催淚瓦斯時能挺住不致潰逃，許多人都戴上自製的防毒面具——將寶特瓶底部和一個側面的三分之二切除、並穿小孔繫上彈性繩可以掛耳，最後倒著在瓶口處塞入口罩作爲過濾。

由此，寶特瓶和口罩都脫離了它們各自原來的物用邏輯，共同爲了成就「反抗之物」而轉世重生。正如同思想家班雅明曾言（雖然這段話本意在談收藏的政治潛能，但放此論述物之反抗也算成立）：「讓東西不僅僅是為日常生活世界所需所用，更讓它們從實用而單調乏味的苦役中解放出來。」

香港在二〇一四年爭取普選權的「佔中運動」時，群眾紛紛撐開雨傘，抵禦催淚瓦斯攻擊，更是明證，說明雨傘不再是擋雨之物，而是在實質上對抗公權暴力、在象徵上樹立認同符號的新生物。「雨傘運動」之名舉世皆知，傘也因此反抗了自身「只是把傘」的商品價值，得以在人類歷史中寫下永恆一頁。

最後，身體，也有可能直接成爲一種反抗物。一方面，它透過與特定物件的連結，而產生巨大的肉身抗議能量。比如到處都有的「自鎖抗議」（Lock-on），抗議者使用各種鎖鏈把自己跟公共設施固定一塊，目的就是不讓公權暴力可以直接「清理」。無論是台灣長達十餘年的樂生療養院保留運動、或巴勒斯坦人長年阻擋以色列殖民的抗爭，都常見如此高危險性的激烈表達。

與此相對的，則是再無任何連結的肉身本體。「公開裸露」的反抗性，可以從青少女以較裸露衣著，對抗家父長權威：乃至抗議者會以脫衣作爲一種和平但又強烈的手段，比如最經典的「反皮草時尚」動物保護運動。

從設計製作用以反抗的物，到挪用再造某物的新反抗生命；從身體連接反抗物，到以肉身本體直接作爲反抗物。所有這些抗命行動，都體現出自由靈魂不受拘禁的想像力。哲學家巴舍拉（G. Bachelard）在《火的精神分析》（*La Psychanalyse du feu*）中，因此提示我們：

「在人類的歷史進程中，可以看見無數個如當初普羅米修斯被宙斯禁止用火的困境。可是，自主能動性卻也在個體日常生活中，藉由普羅米修斯不服從的抗命精神——機伶、縝密、潛心追求，巧妙地免於責罰，進而實現自己的願望……我想這正是研究不服從、抗命的動力——其實也正是所有知識源起的理由。」

只要這世界各種系統化的權力壓迫依然存在，每個靈魂就會或多或少地依附在各種反抗物件上，爲自由煽風點火。

EVERY PIECE OF STREET ART
IS A MINI REVOLUTION

閱讀「住居」的一百種風景

曾在課堂上請學生拿出紙，先不多思索直覺畫出「家」的意象。結果很少人畫「family」（家庭、家族），反而描繪出一個「house」（家屋），且大都是三角形下面加一個正方形的那種。即便我們多數人並非住在三角屋頂的房子裡，但這封閉性而領域化的幾何圖像，始終是個原型，一種會產生親近歸屬感的象徵。

當我接著問大家：屋子就是家了嗎？有沒有什麼要補充的，一經提示，立刻就補畫上人（有大人小孩成群的、也有只畫一兩位的），甚至還有了貓狗、花草或傢俱擺飾。這個討論「家」之意象的教學小實驗，其實受到一位日本朋友的啟發。多年前我認識她時，她剛從日本女子大學「住居學」系畢業。我並不清楚那是什麼樣的一門學問，直到她推薦我讀了後藤久的著作。

在《西洋住居史》中，後藤教授開宗明義這麼說：「我們走在街上，經常看到與建中或出售中的房舍，這些都只是『住宅』。不過，如果從這些住宅中可以聽到爽朗的談笑聲，到了晚上，又透出溫暖光線的話，這就是不折不扣的『住居』了。」

相對於主流文明史著重於偉大建築的價值，聚焦在體現政經、宗教與文化權力的「大房子」，比如古時的皇宮、教堂或廟宇，乃至近代的官署、大學、博物館、表演廳甚至摩天樓等；後藤先生的著作卻關注人們的小房子，以及住居這件事。

簡單說，所謂的住居（dwelling），就是立基於屋舍建築這個物質基礎上，「在家生活方式的總和」（the ways of living-at-home）。這其實也呼應了法國哲學家巴舍拉在《空間詩學》（*La Poétique de l'espace*）中的開場描述：「家屋是人類思維技藝與夢想的最偉大整合力量之一……家屋為人抵禦天上的風暴與人生的風暴。它既是身體，又是靈魂。」

「既是身體，又是靈魂」，乍聽有點誇張，其實相當貼切。如果一個人的穿著打扮，呈現的是日常前台的展演形象，那麼他的「後台」住居家屋，則同時包含這個形象化身體的生成與組構（所有購買回來的衣服飾品，都在此收納、搭配、再創造或被遺忘），以及對此形象化身體的疲憊或疏離，給予安置撫慰。

都築響一於一九九三年所出版的《*Tokyo Style*》攝影集，不僅在全球引起注目，也開創了一個觀看和理解住居的新典範。透過照片「寫眞」呈現不同身分職業或興趣的東京年輕人，他們各式各樣「在家生活方式的總和」。比如搞藝術的兄弟倆，滿屋都是畫作和唱片，除非冬天冷到不行，門從來不關。還有正在學習手風琴的設計師，傢俱家電都被他重新彩繪過。至於喜歡小劇場的女大生，則在牆上貼滿了海報、並任由又怪又萌的小物件淹沒房間。

另一位新銳攝影師川本史織，則在最近五年內出版了《墮落部屋》和《女子部屋》寫眞集。前者記錄五十位御宅族女生的生活角落，她們有各自領域興趣的「宅」之堅持（比如動漫迷、cosplay 迷，電影迷、鐵道迷、DIY迷……）；後者則進一步擴大拍攝了一百多個各行各業女子的住居樣貌，並條列她們的基本資料、嗜好、討厭的食物、將來的展望等等。

透過影像與文字記錄住居的細節，其實並非單純的隱私窺探，更可以將這些日常物質文化素材，宏觀地連結到整體文化觀察、乃至於科學化的市場調查。畢竟在各種媒介的推助下，當代的住居空間，都已是經過消費與認同選擇、以及不同擺放邏輯，所共創出來的某種生活「劇場」。

早在一九二五年，今和次郎就以〈新家庭の品物調查〉等採集記錄報告，倡議一種與考古學相對的「考現學」：以現代人的日常生活作為研究對象。到了消費主義旺盛的一九八〇年代，許多日本學者協助商業智庫，擺脫傳統的問卷市調模式，直接進入人們的住居，透過參與觀察與物件記錄，重新理解生活型態的構成。社會學家星野克美，在當時就從人們家中的不同擺設「劇本」，來分類當代住居空間的劇場化性格。

二〇一七年夏天創刊的日文雜誌《*CONTEXT*》（原本只是作為生活雜貨誌《*nice things*》的特別增刊），便是以「一個有故事的生活」作設定。首期封面專題：『祕密基地、祕密道具』，展示了在隱私住居空間中，一個人的生活、工作、興趣，及其所使用的各種物件，如何共構出一座微型宇宙。

話說回來，翻了那麼多關於日本住居的書和雜誌，我仍鍾情於TASCHEN（這家專精於藝術設計類書的德國出版社）所出的城市住居風貌系列。而在這其中的私心最愛，相較於柏林、紐約或倫敦等大家較為熟悉的風格「劇本」，莫過於薄薄一本《*Havana Style*》。我雖未曾造訪古巴，但透過電影、音樂、以及革命歷史和人物傳記的閱讀，卻彷彿在自家生活裡，不時便會嗅到一點哈瓦那的氣味。

是啊，如果韓波（A. Rimbaud）的詩句「生活在他方」眞能成立，仰賴的或許不是有錢有閒地四處出遊，而是「旅行在自家」的瀏覽群書吧。

買唱片與聽串流的雙軌文化

「小朋友如果跟同學說他還買CD，可能會被笑，因爲現在大家都透過YouTube免費聽音樂了」。去年夏天，水野祐律師在我們研究團隊對他進行的訪談中這麼說。他是日本創用CC（Creative Commons）運動的核心人物，也在去年出版了話題新書《法律的設計》（法のデザイン），闡述法律如何與時並進地促成（而非保守限制）各種文化創意的流通和資訊共享。

水野先生的日常觀察，統計數據可以佐證。根據日本唱片協會二〇一六年所做的音樂媒體使用調查，高達百分之四十三的日本人最常透過YouTube收聽音樂，其次是購買實體唱片（百分之三十八）；至於使用付費串流音樂者僅佔百分之四。

這個數字分配頗有意思，一方面顯示「上網免費收聽」，確已影響日本音樂市場長年穩定的流通結構；但另方面卻又同步證明：「樂於選購唱片」仍是日本聽眾（相對於全球「不再買實體唱片」風氣）的獨特消費習慣。

倒是付費串流音樂，日本的發展猶然遲緩。相較於美國唱片協會統計顯示，串流服務在全美音樂的總營收中已佔過半。在全球最大串流公司Spotify的故鄉瑞典，更有超過九成人口已成為串流音樂的客戶。然而Spotify遲至二〇一六年九月甫登陸日本；在此之前，所有串流業者無論是國際性的Apple、Amazon、Google或國內的LINE、AWA，也都姍姍來遲，二〇一五年才陸續在日登場。

雖然在日本串流音樂元年之後，二〇一六年該國數位音樂（包括串流、下載和手機鈴聲等）營收大幅成長了百分之一百一十二，但終究僅佔唱片工業總產值的百分之十八，換句話說，實體唱片收入仍高達百分之八十二。很顯然，日本人「願意甚至樂於買唱片」的音樂市場樣態，與方興未艾數位化的發展並無太大衝突，甚可說是雙軌並進。

年輕族群的二重消費意向特別顯著：他們大量使用數位平台流通音樂，同時卻也繼續購買唱片收藏音樂。很多時候前者非但沒有取代後者，反而推促著後者的發生。若進一步細看，唱片的消費又有分歧：CD的銷量顯然是下滑了，但一九九〇年代已幾近滅絕的黑膠唱片，近年卻呈現驚人的消費盛況。

首先，正如前述水野祐先生之觀察，日本小朋友多數不再購買CD。但必須留意的是，日本獨特的兩種音樂消費文化：CD出租與偶像行銷，仍然運作順暢、並使CD市場不像其他國家已進入彌留狀態。

日本的CD出租，源於一九八〇年代唱片工業防堵盜版的協議。直到串流開始擴散的二〇一五年，出租業年營收仍近三十億日圓，目前全日本還有兩千多家出租店。水野祐先生也分享他的觀察說：尤其在有數位落差的非都會地區，便宜租借CD仍然是許多年輕人親近音樂的主要方式。

同時，透過偶像行銷的同步操作，像是推出限定版、搭配周邊商品、附贈粉絲握手會或演唱會票卷（又如AKB48系列女團著名的偶像選票等），都讓早已成上世紀歷史傳說的「CD銷售百萬」神話，在日本仍有所聞。

至於黑膠唱片，二〇一六年全球銷量就已創下近十年歷史新高，日本人對此貢獻甚鉅。根據市場研究機構ICM調查，這股黑膠復興的推手，意外地並非懷舊的長輩，竟是二十五至三十五歲的世代。其主要消費動機是擁有和收藏，以及追求一種「專注聆聽某張專輯」的感覺。這感覺對生長在串流時代、音樂如水龍頭扭開即有的年輕人來說，竟如此新鮮，實在是既弔詭又有趣。

日本音樂市場會否只是唯一例外？至少鄰近的韓國，近年黑膠唱片的銷量與討論也都顯著成長。台灣作爲華語音樂圈的橋頭堡，密切觀察與思考這個現象，及其背後可能蘊涵的產業與文化價值，絕對重要。

最喜愛這種

老闆把自己完全安靜埋進各色音樂山堆裡的，本格派小唱片行。

甚至也不太搭理人、更不會推銷，

就只是每天自顧自地，頑固浸泡在麻瓜不解的美妙微型宇宙，

此即搖滾。

挖掘唱片時的各種打扮和表情體態，

經常組合出一種美妙的音樂。

不討喜的書評之必要

「今晚，全球的小說家應該都會比較好睡一點。」二〇一七年盛夏出刊的《浮華世界》（*Vanity Fair*）雜誌，曾以這麼一句語氣誇張的文字，報導了《紐約時報》（*The New York Times*）首席書評角谷美智子（Michiko Kakutani）退休的消息。

爲什麼一位書評寫作者能被視爲傳奇人物，以至於她的離職如此具有新聞價值？現年六十三歲、日裔美籍的角谷女士，如何能讓英語出版界對其充滿複雜情感——愛戴、敬畏、敵視甚至痛恨？

三十八年的書評生涯，每當她的名字出現在紐時報端，就必然掀起一陣煙硝。比如美國公共知識分子的代表之一桑塔格（S. Sontag）就反批過角谷「書評愚蠢、淺薄且未切中要點」。布克獎得主、小說家魯西迪（S. Rushdie）則說她是個「古怪女人，似乎同時需要人們給她讚美與賞她巴掌」。至於美國當代文豪梅勒（N. Mailer）更曾氣到毒舌，譏諷她是「女子一人神風特攻隊」。

不過角谷的一枝利筆，更拉拔過無數新銳作家展露頭角，從此在全球大放異彩，像是華萊士（D. F. Wallace）、法蘭岑（J. Franzen）、麥克尤恩（I. McEwan）等。她不看人評價，完全就書論書，當然也就出現過同一位作者前後作品被其評價兩極的狀況。

因此有人說她難搞、捉摸不定，但其實她嚴苛的評論乃立基於對自己嚴謹閱讀的要求。與其說她在評論一本新書，精確來說，是下了苦功，把這本新書定位在該作者其他作品所共構的座標下。角谷總是字斟句酌地，重新反芻消化之後，作出判決。

判決書般的行文，正是她書評最受非議也受敬重之處。她很少說「有好有壞」、或「功過相抵」這類評語，行文既不追求風格化，也不提供風趣感。於是每篇書評，都像法官給出審判似的是非分明。然而要「判決」就需有證據，而非她個人偏好的情緒。

早在十九年前，角谷獲得普立茲評論獎殊榮時，理由就已是她「無所畏懼而擁有權威」，這個特質如今看來彌足珍貴。當時代走到一個大家競相討讚的臉書世界，角谷雖也退休了，但她毫不妥協的書評姿態卻引領著文化持續邁步。

請記得：偉大的評論者不討人喜歡，但時間讓他受人敬佩。

慢電視，空評論

在全台發行量最大的報紙擁有一個專欄，看起來似乎有點影響力，但我卻經常深陷不安的恐慌，有時甚至來回寫換不同主題，腸枯思竭。那不只是因爲在研究之餘的疲憊夜裡，我一方面得繼續爲隔天備課，同時又得找出今週我想在這個專欄方塊裡書寫的理由；更是因爲，活在這個情緒淺碟、意見滿溢的年代，擁有發話資格的我，卻愈來愈害怕這個權力所可能帶來「忘我」的傲慢：自以爲說了什麼特別的，但其實空無一物。

畢竟每天，我們都自願或被迫（而氣喘吁吁）地要對社會百態進行個人表態。螢幕上的名嘴口沫橫飛，叩應中的鄉親慷慨激昂，電腦前的鄉民連夜筆戰。這是一個總體因嘴巴暢快，相對地卻有點心靈堵塞的島嶼。多數時候，人們都還來不及先靜定傾聽，反思框架，「正確答案」們已如雨後春筍浮現，喧囂不休。

前年我因爲策劃編輯《耳朵的棲息與散步》一書，認識了一群默默從事採集各種自然生態或城鄉活動聲響樂音的朋友。擅長「聆聽」的他們，多半都謙遜溫柔，不急搶話，樂於開放分享而非競逐爭鬥。這種「安安靜靜最大聲」的日常實踐，對於習慣也必須訴說的我而言，是極具反省和啟發的生活態度。

我開始覺得，在這個年代，練習閉嘴和放空，同時能慢慢凝視並細細傾聽，是非常重要的課題。

尤其當焦躁和鬱悶，像一組不可見的細菌，在嘈雜社會（無論是現實中或網路上）的背後悄聲蔓延開來，各種形式的逃避主義，便成了保衛人們自身平靜安寧的白血球。人文地理學大師段義孚（Yi-fu Tuan）曾表示：「逃避」乍看消極負面，其實卻是人們創造新文化的必要過程。

去年春天，地球彼方的挪威國家廣播電視（NRK），曾進行長達一週不間斷的『馴鹿大遷徙』實況轉播。這個七天全程紀錄、分秒未剪、沒有廣告也沒有口白的節目，是該國近年盛行之「慢電視」（Slow TV）的又一代表作。馴鹿遷徙的傳統已逾百年，但一直只有當地原住民薩米人在關注。如今終於經由這個轉播，讓全國甚至全球民眾，都能專注見證、共享如此美好的生態景觀。

當時透過網路，我也在台灣收看了部分實況。只見極北的拉普蘭一片銀白，無垠雪地於陽光透照下晶瑩閃爍，馴鹿們在領頭雌鹿的引導下，以約莫六小時集體休息一陣子的奇妙規律，既壯觀又無聊地前進著。若說這轉播眞有什麼高潮，大概也就只是像眾鹿們努力跨渡克瓦爾灣、水花四濺的感動時刻吧。

此次節目大受好評，但其實已是NRK所推出第十一個慢電視企劃了。二〇〇九年初次直播奧斯陸前往卑爾根列車時，觀眾迴響出乎意料的熱絡。不可思議，竟然有那麼多人願意坐在電視機前，單純欣賞七小時十四分的列車行進風景。

後續企劃還包括搭郵輪、織圍巾、釣鮭魚、賞小鳥、燒柴火等。平均竟有兩成、甚至曾高破六成的奇蹟收視率，讓挪威國家語言委員會爲此現象創了新字：「sakte-tv」（即慢電視）。

該節目製作人表示，慢電視提供人們一個獨特體驗，透過極緩速的觀影，重新感受自身在時間與空間中的眞實存在意義。而NRK官網上則有觀眾留言讚歎：「什麼事都沒發生，這種節目最棒了！」此外，台灣電視台可能會感興趣參考的是它的低製作成本，平均每個長達數天的實況節目，花費僅約一百萬台幣。

要分析慢電視受歡迎的原因，其實並不困難。首先那肯定是對現代人飛速而滿溢的媒體經驗，一個明確之反動。在日夜轟炸的巨量訊息與眾說紛紜中，大家都無力疲累了，慢電視逆勢操作，當然異軍突起。

其次，則與返璞歸眞、親近自然氛圍或生活傳統的集體渴望有關。這是在數位時代裡，某種來自原眞性（authenticity）、微小而必要的逆襲。

所以如果可能，我倒是異想天開希望說服報社總編，容許我搞一個小小的行動藝術：我願捐出一個月稿費，請准我某一回半個字都不寫，就讓那天的專欄方塊，像是打開一扇窗戶般地，留白而安靜躺在報紙的一角或手機的一頁。慢速地，大口深呼吸。

在說了一億多次的爆料之後

猜猜看，如果在Google搜尋出現過「爆料」這個詞的繁體中文網頁，總共會有幾筆結果？非常驚人的數字：一億三千多萬筆。十年前，我做過一樣的搜尋，當時「爆料」的筆數大約將近一百萬筆（相差了一百三十幾倍）。毫無疑問，這十年來，台灣的爆料文化已呈現爆炸且失控的狀態。

那麼，再搜尋出現「議題」這個詞的相關網頁，僅三千一百萬筆。換句話說，還不到「爆料」網頁量的四分之一。我連續做了幾個禮拜的比較觀察，比起「議題」，「爆料」每天都以驚人的速度增殖，也因此這兩者在台灣網路世界的資訊量差距愈拉愈大。

這就是我們生活在此每天面對的媒介奇觀。人們渴望看似新鮮（其實大同小異）的聊天話題，且愈是八卦勁爆、口味偏重的愈好。相對的，可以協助我們進一步從話題轉化成議題的討論，卻嚴重失衡的質量不足。或者，就算能有超越爆料內容的議題追蹤，也大多局限於分眾同溫層的關注裡，始終無法進入大眾媒體已然偏斜的設定框架。

台灣當前爆料文化的橋頭堡，是有近三百萬人追蹤的臉書粉專爆料公社。這個社群平台的「爆料代表性」，早已超越《蘋果日報》等素以追逐八卦著稱的傳統媒體，甚至各家媒體還必須時刻留意該網路平台的爆料，有無可用之梗。過往必須投訴媒體且要被採納報導，爆料方能成立的匿名聲音，現在全都無所限制地直接上網，對著百萬網民吐露各類大小八卦並展示個人情緒，進而鼓動集體情緒。

即使爆料內容並非爆料者切身遭遇（可能是二手聽說甚至道聽途說），或者也可能缺乏具體證據，以至於這樣的揭露無法進入制度性的處置，但甚囂塵上且「理直氣壯」的爆料文化，鼓勵無論如何都先爆再說。正如該粉專橫幅上的大字，諧仿中國文革標語：「八卦有理，爆料無罪」。

為什麼在生活中，遇到諸如「社區某處有路霸」、「飲食發現有異物」等情況，許多台灣人第一時間的反應並不是直接訴請哪個政府單位或民間組織進行制度性的介入處理，而是上網爆料，訴諸公審？這樣一種自力「伸張正義」的行動，很大程度一方面反映了既存機構體系的無能爲力（對應於被爆料對象的無法無天）、以及制度信任（尤其是對各種執法或仲裁機制）的崩解，另方面則直接投射出各類媒體藉此設定議題、以創造話題點擊的市場慾望。

事實上，不同爆料者所身處權力結構的不同位置，也讓爆料的意義產生截然不同的判斷。首先，對於隻身面對權力者惡行、或遭組織施以制度性壓迫的弱勢者來說，在孤立絕望的情況下，無計可施只能以爆料作爲最後奮力的反擊。這樣的爆料當然可被同情理解爲制度失靈或權力失衡的必要救濟手段。

但爆料文化的盛行，不僅止於此。與己身權益也與公眾議題無關的爆料者（純然只是圖個熱鬧話題罷了），已從職業化的媒體八卦記者，拓展成業餘化、「全民狗仔化」的日常窺錄。在過去智慧型手機、路邊監視器與行車記錄器還不發達的年代，記者還得像偵探一樣地偷拍祕錄，或者透過設計套話、捕風捉影來製造所謂的「獨家踢爆」。但現在幾乎每個人都可以隨時側錄，並據此素材直接爆料，而媒體只要來抄即可。

而最令人無法諒解的，是那些經常成爲被爆料對象的政商名流與藝人名嘴，他們也開始學會「換人爆爆看」的招數。透過公開宣稱或私下指控，想辦法爆另一個更辛辣的料、咬另一個更不堪的人，來反擊或掩飾自己被爆的難堪。這樣的對戰遊戲，結合媒體嗜血的偏好，遂編演成永不下檔的肥皀劇，持續滲透到常民生活的縫隙。

由此，爆料文化注定是種大亂鬥文化，即使確有少數弱勢者情非得已，但更多無關者是煽風點火，甚或權力者也包藏禍心地以此借刀殺人。總的來看，爆料者與窺看者共同強化了一種集體不信任的社會氛圍。表面上看來群眾熱絡談論這些八卦並企圖理出頭緒，但其實並不眞的那麼在意事實眞相，大家只是競相投入審判他人的某種（僞）正義快感。

然而與集體不信任一體兩面的是，天天暴露並已麻痺於各類爆料，其中所召喚的常態焦慮或恐懼，便會潛移默化地影響人們生活態度。比如說，各式各樣的消費問題在爆料邏輯中，全被化約成「黑心商品」予以「踢爆」，只召喚大眾的即時譴責和消極抵制，卻不加討論各級治理的漏洞、與環扣相伴的責任（比如作爲消費者對自身消費慣行的反思）。

當爆料文化已成島國人民集體躁鬱卻又無力可解的困境，我們是否該靜心回想，面對這些日常反覆的惡劣人事物，除了千篇一律的冷嘲熱諷，如何可能將紛擾的話題轉向可釐清的議題，讓台灣少一點淺碟憤怒的「踢爆」，多一點深邃逼視的質問。

自己的恐懼自己解

「生命本身是成長和衰退的起伏，它是會改變的，否則它根本就不是生命，因為變化的發生是不可避免的，我們也因此變得焦慮，焦慮使人尋求安全，或相反的會去冒險，這是值得好奇的。因此，對恐懼的研究就不只限於對退卻與防禦工事的研究，它或多或少也在尋求對成長、勇敢和冒險的瞭解。」

——段義孚

卡繆（A. Camus）曾說這個時代就是恐懼的世紀。人類雖然憑仗科技控制生態自然，藉以減緩、甚至消除各種天災或各類生物對我們的生存威脅，但卻又集體化且個別性地陷入一種「自己害怕自己」的弔詭狀態。

無論是納粹與法西斯的興起導致史上最恐怖的殺戮，或者戰後美蘇兩大強權對峙所形成的冷戰結構壓迫，歸根究底都源自於人心深層的恐懼。尤其當社會處於巨大變遷時，人們對於自己難以安身立命狀態的焦慮，在媒體操弄與政治動員下，轉化成強烈的受迫威脅感。於是，人們寧可選擇「肅清且安全的權威」，也不願擁有「放任而不安的自由」。

焦慮，是一種面對預期將至的恐懼事物之心理反應。一九四八年普立茲詩歌獎，頒給了詩人奧登（W. H. Auden）的作品《焦慮年代》（*The Age of Anxiety*）。在這首長詩中有四個人物，出身背景各不同，但都有著共同特徵：孤寂、缺乏自我存在的意義感、無法愛人也感受不到被愛、甚至因此失去體驗開放世界的活力。

而在二戰之後與冷戰開啟的這段期間，有兩本奠下日後恐懼與焦慮研究的心理學經典誕生，分別是一九五〇年出版、「存在心理學派」創始人羅洛梅（R. May）的著作《焦慮的意義》（*The Meaning of Anxiety*），以及德國心理學家李曼（F. Riemann）於一九六一年所出版之《恐懼的原型》（*Grundformen der Angst*）。

這兩本書，不約而同扭轉了長久以來主導美國心理學界的行為主義。當時的主流研究大多只是使用實驗量表，對焦慮或恐懼情緒進行施測，並將其視為一種異常的生理與神經反應。然而，焦慮和恐懼的複雜度與變異性，其實更涉及社會心理層面的成因，且與人際關係、角色扮演乃至背後更大的社會框架關係密切。

自此之後，焦慮和恐懼，開始被視作一組充滿張力的辯證主題：不單是人們只想除之而後快的負向神經反應，其實也可能是富有正向意義的身心狀態。正如同哲學家齊克果（S. A. Kierkegaard）曾言：「冒險造成焦慮，但不冒險卻失去自我。」焦慮和恐懼都涉及人我互動的鬆緊矛盾、一種尋求平衡的不斷嘗試。畢竟我們所害怕的，其實也可能正是我們所渴望的。

《恐懼的原型》這本書，深入淺出地說明四種恐懼的原型，恰恰就是源自不同人我關係與生命情境的反覆拉鋸。對此，作者首先以四種基本動力，精準譬喻了我們每個人都想擁有也害怕失去的自我狀態：

一、自轉：想保持自我獨立、與眾不同的慾望。

二、公轉：想得到他人認同、尋求歸屬的需求。

三、向心力：對恆定不變與安全穩固的堅持。
四、離心力：對嚐新求變與冒險犯難的嚮往。

接著，作者以精采而有說服力的臨床案例，說明上述四種原力的推拉一旦失衡，所可能造致四種典型的自我恐懼、與相應的心理問題：

一、害怕把自己交出去，於是過度隱藏自我（產生分裂人格）。
二、害怕做自己，以至於完全的依賴（產生憂鬱人格）。
三、害怕改變，無法忍受混亂或消逝（產生強迫人格）。
四、害怕既定的規律，逃避義務約束與角色要求（產生歇斯底里人格）。

其實，無論是四種原力或四種害怕，恐懼的原型，其實都恆存在我們每個人的心中，不可能有其中一項會完全消失無蹤。就像作者以宇宙爲譬喻：「這乍看之下是一種對立現象，事實上運行有序也均衡。」因此閱讀本書的意義，與其說是瞭解不同人格傾向的「病態」恐懼因果，相反的，我們更該積極接納，各種恐懼說穿了也都是「常態」，只是它有時過於放大導致相對失衡罷了。

洞察了這些本質，便能幫助我們進行切身的反思，進而追求班雅明在《單行道》（*Einbahnstraße*）一書中所言、既無比艱難卻也可能瞬間變得簡單的人生境界：「面對自己而不感到惶恐，便是幸福」。

ARE
YOU
OK?

NOT OK.K.K.

能動的三分間

2:55pm

不該來洗車的。這下可好，整個卡住了。

飄著細雨的午後，整個城市深陷陰霾；根本沒有人會想在這時洗車，除了我以外。理應三分鐘就要淋浴烘乾、煥然一新的車子，此刻竟陷在洗車隧道裡，出不來。

嘩啦嘩啦，水從四面八方不停噴灑。

手機費過期未繳，只能接聽卻打不出去。我就這樣一身套裝地困坐車裡，完全莫名所以、無能為力的三十分鐘，只能默默等著。

從來不曾這麼久沒出門，休假蟄居整整三十天。同事莫不以為我出國逍遙，結果我哪兒也沒去，只是窩在租來的頂樓加蓋套房裡，一個人聽以前的CD唱片、讀有點嚴肅的小說、看喜歡的電影、煮簡單的麵條、澆花、掃地、泡澡、發呆睡覺。不想上網。

男友後天要出國了，計畫念完電機博士後留在美國工作不回來。他一直希望我辭掉工作跟著去，或許之後就結婚生子吧。這樣眞的好嗎？大家都說當然很好啊。我不知道。

轟隆隆的洗車機暫停了，我的車卻仍卡在軌道上，未熄火卻動彈不得。水從車頂持續流下，擋風玻璃像眼淚不止的無助小孩。

2:56pm

把下巴托放在方向盤的上緣，等著。

研究所畢業後，每天焦慮如打仗、卻不知爲何而戰的工作生涯，轉眼也五年了。經理說：只要再次立大功，比如跑到一則辛辣有料的獨家新聞、或者作出一個讓瞬間收視率飆高的專題，他就升我當主任。

沒想到上個月初，某個加班深夜在便利超商聽到廣播放著椎名林檎的出道單曲，突然間我整個人累攤了，攤成一團不知如何是好的泥巴。隔天，我忐忑地遞上辭呈。

高三準備聯考時，第一次聽到椎名這首〈幸福論〉，我在日誌本扉頁抄下一句歌詞中譯：「眞正的幸福看不見，卻意外地近在身邊」。這令人羞赧的記憶連自己都快忘了。

經理以爲我要跟男友走，很爲難。畢竟這五年他所看到的，就是日以繼夜使命必達、而非內心經常天人交戰的我。他准我先休個長假想想；囤積已久的年假終於可以用掉。

其實我也不確知自己要考慮什麼。「啊人生就像跑馬燈」，我常在KTV點蔡秋鳳這首歌，故作豪氣說唱完一口乾了。這陣子男友頻頻催促，就連爸媽也點頭贊成女兒離開他們。移民美國或等待升遷？兩個選項都有前途，人生只需一直跑啊跑啊跑。

但我說，讓我再想想吧。掛下電話，繼續聽我的音樂讀我的書煮我的麵澆我的花。

「修好了！修好了！」洗車員工前呼後應。我的車濕漉漉地在軌道上，開始向前滑行。

2:57pm

我瞄了一眼車上的時鐘，還剩三分鐘。

「今天節目最後一首歌，來自前陣子剛宣布解散震撼歌壇的日本團體東京事變，一起來聽：〈能動的三分間〉」電台ＤＪ才剛說完，三秒的前奏瞬間導入椎名林檎的歌聲。

存在感如此鮮明的歌聲啊。

經理昨晚來電，興奮說出兩全其美的辦法：「派駐妳去美國跑新聞吧。」他邀功說這爽缺有多難得，全電視台的人都嫉妒你呢。

不知道有沒有「壓垮駱駝最後一根稻草」的反面說法，但總之這消息算是把鴨子立刻趕上了架。好像真的沒什麼值得猶豫了不是嗎，人生圖的不就是在大家欲求的道路上順利前進。我決定就這樣，結束長假。

「Where are your thoughts wandering as you wait there？

Come back to life and be high……」

椎名唱著。尖銳又柔軟，清醒而迷幻。

起了一早給自己修剪瀏海、吹直亂翹的髮尾，選搭衣服，謹慎上妝。中午也不能吃東西，否則小腹會露餡。一如往昔，我打點好自己，光鮮亮麗。

約好下午三點，跟老總正式提報。經理特別叮囑，遲到是大忌。

我剩下兩分多鐘，車子終於擺脫洗車機。揮揮手，跟一直道歉的員工說不用擦乾了。上檔準備踩油門，還來得及嗎？

2:58pm

眞糟，兩分鐘肯定是來不及了，怎麼辦？

「三分間でさようならはじめまして（從說你好到再見的三分鐘裡）」

吉他手浮雲輕快和聲，「See, yes I really am moving on, moving on」惟名接唱。

熄火。怎麼回事？重新發動，也無法！廣播還放送著，電瓶OK啊，搞什麼？

好不容易才從洗車機的鬼循環裡脫困，瞬間竟然又掉到另一個荒謬場景。

明明原本計畫精準：兩點開車出門，就可以在兩點半左右提早抵達；停好車進公司，剛好兩點四十五；整理一下服裝儀容，以及心情；等老總來，鞠躬哈腰，一切就準備重新出發。結果沒想到，兩點二十分就到了，距離會面約定的三點還有一大段時間。那時就進去顯得不夠瀟灑，彷彿很在乎、像搖著尾巴乞食的小狗般。於是決定來去洗個車，沒想到這一洗，竟整個卡住了。一切亂了譜。

哭笑不得……（「Come back to life……and be high……」）；腦中一團混亂。

2:59pm

腦海裡不合時宜卻又不由自主地浮現這首歌MV，不斷以倒退月球漫步方式「前進」的椎名。

「從說你好到再見的三分鐘裡……See, yes I really am moving on, moving on」

這應該是最後一次repeat了。

也許根本就不該來（或其實並不眞的想來）？手機急切地響了，是經理。我知道，老總最忌諱遲到。還要接嗎？

如果人生今後，總是這麼「理所當然」地作出選擇；若隱若現的不安該如何面對？

東京事變的搖滾音符，晃動著整個車身。

握著靜止下來的手機，這才看到剛未留意的簡訊，來自男友。他說就算無法隨他一同，還是謝謝這幾年的陪伴。看起來似乎窩心，卻又像分手宣言。委婉而殘酷。

一直以別人的期待，作爲自己對自己的期待，坦白說還眞是滿累的。

「When I'm gone, take your generator, shock!

Raise the dead on your turntable

Up, up and away」

音樂嘎然而止。廣播報時：三點整。

這才發現雨停了，厚重雲層間泛著淡薄虹光。

走下車，我在馬路邊舒展筋骨。

關於〈能動的三分間〉

東京事變每次表演這首歌，都會在現場豎立大型電子碼錶，設定精準，剛好就是 03:00 結束，不快也不慢半秒。而當計時數字飛速奔馳著，輕快的曲風卻不疾不徐（甚且，主唱還會來個月球漫步）。藉由嚴格理性算計的限制時間，椎名和團員們測試自身感性表達的突破空間。於是這首充滿張力的歌，似乎隱喻著一種能量：即使生活在既定牢固的框架裡，你還是可以賦予自己彈性，能動起來！

Bitter Sweet Symphony

終於回到老家。

雖然有高鐵，但在台北的忙碌，總是不斷擴大著自己和故鄉的距離。好一陣子沒回來了，沒想到這次竟然是這樣見到大家——老爸老媽、姊姊和小弟。

頭依然很痛。對不起，讓你們這樣哭泣。

還是不懂，明明有戴安全帽，爲何打滑一摔就……？第二張專輯好不容易剛上，正打算辭掉打工專心準備巡演……怎麼會變這樣？

人生，就像去年貝斯手小黑說他留意避孕，結果還是中獎。老天要你死，乖乖戴帽也沒用；老天讓你生，一次戴兩個套，意志旺盛的小蝌蚪照樣能衝破層層難關。

此刻我不再責怪小黑（自從他說要閃人先去工作籌奶粉錢，就氣得不跟他聯絡）。即使再懊悔，也沒機會跟他和解，沒機會再和大家徹夜練團，沒機會繼續做我們的搖滾明星夢。

我才二十八歲，樂團人生才剛來到第一個十年。老天爺，你真的很殘忍。

看著自己身體冰冷地躺在廳堂，「南無阿彌陀佛」不停播放一遍又一遍，家人的嗚咽低迴在窒塞的空間裡。我移動至門邊，讓春日微風從院子吹進來。幾炷立香搖動，輕煙繚繞。只可惜現在我已無法感受，那流動空氣的溫柔觸覺。

小時候，最喜歡這樣敞開門，有陽光的午後讓風輕拂著我，在硬梆梆的紅木長椅上懶懶睡個一覺。曾為此記憶寫過一首歌，還被團員笑說我何時那麼抒情。

團員，也算是家人了。主唱突然落跑，你們得趕緊想好對策。

法師緩步行至院子，為我誦經。他們分工敲著木魚、銅鈸和小鼓。

黑袍那位的泛音唱腔搖晃在走音邊緣，阿阿要走音了，結果又若無其事地穩穩站在對的音符上；黃色袈裟的師父則擅於快速唸誦，說真的夠格做 rapper。這也算是樂團吧，我想。

根本聽不懂半句經文。

想起剛開始接觸搖滾時也不懂歌詞，卻能跟著旋律和節奏搖頭晃腦。幾個鐘頭不間斷地透過麥克風大聲放送，持續聽著誦經我開始陷入某種迷幻氤氳。

然而如果可以，我更希望此刻 unplugged。

慢慢的，頭痛逐漸緩解，家人們的啜泣也偶有停歇。

根據葬儀社的套裝服務，院子裡擺著精美紙紮的透天豪宅、賓士轎車、金銀元寶，準備燒給我奢華享受。雖然懷疑這些俗世物件在陰間的可用性，但假使眞有需要，不如換燒一台容量無限大的 iPhone 和一把美製 FENDER 吉他給我。

畢竟從今而後，無論上天堂或下地獄，只要還有搖滾大概就不會太孤單。

鉅細靡遺的儀式接替進行，塡滿了每一吋難熬的時光。看著爸媽轉瞬蒼老，除了悲悽亦難掩倦容。祈求對我殘忍的老天，能給善良的他們一點悲憫寬慰。

輕摟著疲累的爸媽，想爲他們清唱 Coldplay 的〈Fix You〉，他們當然聽不見。我後悔從未邀請他們來看表演。與其說是害怕面對爸媽的質疑：「爲什麼放著高薪的工程師不幹，搞樂團能搞出什麼名堂？」不如說，我一直焦慮於面對自己：「眞的行嗎？」

回到以前窩在裡頭一練吉他就無暝無日的房間，如今是準備指考的小弟在用了。房裡貼滿了韓國少女團的海報，就連自己辛苦組裝的唱片架，上層也已被長（或其實是整）得都一個樣的她們佔據了。坐在懷念的書桌椅上，突然好累。

這房裡始終有著搖滾氣味。衣櫥邊那個被媽媽用麻布米袋罩起來的東西，是我人生第一把吉他，反覆練習和弦的苦樂觸感記憶猶新。唱片架下層，則是一排好久不見的經典。我使勁吹了口氣，唱片盒上的灰塵紛飛，九〇年代的英搖樂音四散。

告別式即將開始，葬儀社找來的樂隊奏唱起悲歌。據說這團「孝女時代」的價碼竟然比我們團的還高，唉。大聲放送的靠調啊更是糟透了，我瞥見老爸老媽和阿姊把眉頭皺得緊緊的。

這是最後的儀式了，拜託誰來暫停這吵死人的東西（眞的是吵・死人）。

姊帶著小黑一家三口走進房間。西裝筆挺的小黑難得把滿頭亂髮規矩梳綁在腦後，謹愼認眞抱著小小黑，如同他鍾愛的 Gibson 貝斯。

「小寶寶怕沖煞到，還是待在這裡迴避一下吧」，姊說。

小黑點點頭，便蹲下察看起我的CD。當他拿出The Verve《*Urban Hymns*》專輯，我靈機一動，朝被環抱著的小小黑拚命吹氣。他用力揮了一下可愛小拳頭，碟片哐啷落地。小黑撿起它，拂去塵埃，盯著它，猶疑了一會，遞給老姊，欲言又止。姊接過CD走到廳堂，將它餵進卡拉OK唱機裡。音量慢慢調大。

開場弦樂由近而遠地響起，坐在門口的爸媽和親友紛紛抬起了頭。「阮甘嘸請小提琴？」老爸一頭霧水。姊姊走向前，搭住老爸的肩，用手指了指唱機後，將食指靜置嘴唇中央。

第十二秒，主旋律悠揚淡入、然後反覆，越來越清晰。司儀於是暫停了悲歌奏唱；我發現靜靜站在人群角落的團員們，全員到齊。四十六秒，鼓點及和聲進來。大家漸次坐下，我要逐一和你們，擁抱，道別。

陽光灑落家門，掉下的淚珠全都變成了跳躍的音符。唱吧：

「Cause it's a bitter sweet symphony, this life……」

關於〈Bitter Sweet Symphony〉

〈Bitter Sweet Symphony〉是 The Verve 的「signature song」（其實很多人熟悉這首歌卻不識這個團），它也是九〇年代英搖全盛期的代表單曲之一（不僅銷量創紀錄亦獲嚴肅樂評與大獎肯定）。MV也很經典：一身黑的主唱 Richard Ashcroft 以完全不鳥他人的固執步伐行於倫敦街頭，桀驁不遜的搖滾態度莫過如此。然而樂團一路走來卻波折重重，包括多次拆夥又復合；或許這一切都在註解著關於創作與人生的苦樂參半吧。

我走

散步，翻閱城市的樂趣

幾年前，我進行過一項有關台灣遊學生在東京旅居的調查研究，藉由參與觀察和深入訪談等方法，我想了解這群介於長期移居者、與短期觀光客之間的「旅居」年輕人（在日時間約三個月至一年左右，也有人如候鳥般週期往返），他們有著什麼樣流動游移的生活體驗、文化反思和自我認同。

其中一個有趣發現是：這些想學習日語、進修專技、尋求創作靈感或創業機會的旅居者，他們多數對於觀光名勝已無太大興趣，甚至也不再常朝聖熱門消費場所。因爲租金考量，許多人都住在「下町」庶民社區，並逐漸長出某種「類居民」的認同感受。但於此同時，他們始終還帶著旅行的心情（相對於確定久居者），於是便折衷地一方面自我「去觀光化」，另方面又持續進行著沒有特定景點或消費意圖的日常遊逛。

這種樣態，有點像詩人波特萊爾描繪十九世紀巴黎街頭新興的「漫遊」

（flânerie）——不爲明確目的（如前往工作、進行採購或從事觀光），只是隨性穿梭、從容漫步於大街小巷。漫遊者期待並追尋各種偶遇，體驗「遇見非預期人事物」的趣味，也因此練習一種「意外發現珍奇事物的能力」（serendipity）。

在波特萊爾的年代，成爲漫遊者的人以中產階級男性居多，如今倒是大不相同。無論男女、也超越階級或文化資本限制，畢竟在城市裡的漫遊閒逛並不需太多成本花費。甚至，社會學家普睿思迪（M. Pressdee）還因此創發一個概念：「無產青年的Shopping」，來描述沒錢但有閒的移居社群年輕人，他們喜歡獨自或結伴遊蕩，迎向各種機遇，來平衡百無聊賴的困頓生活。

進一步來說，漫遊與散步，不僅滿足個別人們「在旅行中體現生活感」、或「在生活中擁有旅遊感」的雙重渴望，其實對於城市的變貌，也會激起一些化學反應。

法國哲學家德塞杜（M. de Certeau）在其經典《日常生活的實作》（*L'Invention du quotidian*）中，就反轉了「城市基底是由各種物理性實體與社會性制度構成」的看法，而主張城市更像是一組龐大文本系統，由每天生活走跳在這裡頭的各色人種，所發展出的「行走修辭」（walking rhetoric）和「空間敘事」（spatial narratives）所共構。

如果一座活生生的城市，集合了「各種路人行走在不同空間」的修辭和敘事，那麼閱讀擁有這些豐富修辭與敘事的相關書本、雜誌，毫無疑問便是每一次旅行中最能貼近庶民生息的眞正媒介。相對的，或許也因此想像連結，而得以在自己無法動身出發旅行的日常情境中，找到體驗習以爲常事物的新角度和新感受。

如果說生活總在想像的他方，誰說旅行不能就在我城此刻被實踐。

我所熱衷日本的「路上觀察學」和「考現學」，就熱絡展現了上述精神。從街道門窗、號誌、廣告、人孔蓋等採集分類，到各種公共空間（如電車、商店等）活動人群的穿著、用物與姿態等觀察歸納，鉅細彌遺逐漸匯聚、發展成一門現代都市生活百態的有趣新學問。

在這樣的文化底蘊中，會有像《散步の達人》這樣訴諸單純漫遊趣味的精采雜誌，就不讓人訝異了。

這本雜誌和一般都會情報誌不同，它並非以推介可前往購買東西或進行社交的場所爲報導主旨，也不是把閱讀者簡化爲消費者。這本雜誌直白如其名，就是要用各種不同企劃主題切入，談大東京各個區域中、與不同人事物相遇的日常散步。每一期最後，雜誌還會附上一個可以自己動手剪貼黏合、由實拍相片組構成的街道一角紙模型。

而若說路上觀察再現於紙本能有什麼瘋狂趣味，那我書架上蒐藏的《思い出牛乳箱》可能就是極致一例。這本攝影集收錄了上百個掛在人家門邊的各色牛乳盒，不僅年齡與體況不同、色彩繽紛、材質各異（有木製、鑄鐵或塑膠的），用心設計的廠牌商標與字型，更值得好好端詳比較。

除了微小物件的放大凝視，散步路上的觀察對象當然還有人。像是赤瀬川原平和藤森照信等人所著《路上觀察學》中的經典案例：「高中女生制服觀察」。此外，住在紐約的 Scott Schuman，更是在街頭發現型人時尚的代表之一。他一開始只是在自己部落格，分享街頭漫遊所遇見「穿搭有主張」的人們，逐漸受到大眾矚目和各雜誌的青睞邀稿，最後甚至得到倫敦 V&A 博物館與東京写眞博物館的永久收藏。

筆行至此，突然任性地想像，寫作如果也能和散步與閱讀一樣，隨時隨地都能起身出發，也可乍然告一段落，該有多舒服。

畢竟，不論晴雨或不同心境，迎向無數機遇的街頭漫遊或紙上旅程，都靈光閃現地提示我們，好好活著期待奇妙偶遇的生命趣味。

「掉」書袋的漫遊者

一直搞不明白，形容有人說話老愛引經據典的浮誇行爲，到底是「吊」還是「掉」書袋，於是特別上網查了教育部國語辭典，正解是「掉」。掉之原意爲搖晃、擺動。然而經過這麼釐清，我倒突然覺得原本是討人厭的模樣，竟重新有了一種「提個書袋四處晃蕩」的可愛意象。

我的櫃子裡蒐藏了很多可以掉來晃去、隨意背提的書袋，我愛它們更勝於任何名牌包包；更遑論，購買前者的價格，遠遠低於後者甚多。這些材質多半爲帆布的書袋，來自世界各地，陪我四處走跳，經歷日曬雨淋、冷暖心情。

有時候，書袋不只是書袋，更被滿滿的物件充塞——皮夾、護照、筆電、相機、文具、藥盒、檔案、雨衣、零食等等，甚至連一件薄外套都能擠進來。至於日常，如果陽光午後一個人，袋裡頭也可能只放一本書和一串鑰匙，甚至連錢包都省了。背著書袋我隨性散步，隨處而坐，就著微風展卷，讀個幾頁，神清氣爽，心滿意足。

書袋，彷彿是一張標記著「愛書人」與「漫遊者」雙重身分的識別證。所以行走東京街頭，當我在競相展示昂貴品牌皮包的人流之中，不經意地發現有位先生或小姐「掉」著書袋——可能來自帆布老舖如京都的「一澤信三郎」或淺草的「犬印鞄製作所」，也可能是不知名獨立小店設計自製，又或者單純只是來自紀伊國屋書店的布包、尼龍袋——我都會忍不住偷看書袋的主人一眼，暗自猜想他／她可能是哪一類作品的讀者。

話說紀伊國屋的書袋，可別因爲隨處可見而小看它啊，它的經典款圖案設計：以「KINOKUNIYA」字樣、由內至外、從小到大地呈正方圈放射狀排列，乃出自山名文夫——這位資生堂形象與廣告教父、同時也是日本新藝術、商業美術與平面設計的先驅大師之手啊。

而在倫敦，低調的愛書人則可能背著其貌不揚《倫敦書評》報刊（*London Review of Books*）送給訂戶的布包，或者在查令十字路（Charing Cross）起家之百年傳奇書店FOYLEYS的寬大背包。又或者，是以企鵝出版社（Penguin Books）

經典小說書封爲復刻圖案的輕巧書袋。

創立於一九三五年的企鵝出版社，是掀起英國平裝書低價革命、促進文學大眾化的關鍵推手，也是捍衛出版與言論自由的重要旗手。比如爲了發行完整版《查泰萊夫人的情人》而與審查單位對簿公堂（最終勝訴），也曾不顧伊斯蘭諸國反對而堅持出版魯西迪爭議小說《魔鬼詩篇》（*The Satanic Verses*）。有趣的是，這麼硬頸態度的出版社，卻有著極爲可愛的企業識別：一個橢圓、橘底、白企鵝的 logo。

由這個 logo 和橙白相間大色塊所共同構成的小說書封，早已成爲平面設計史上最具代表性的範例之一。也因此，後來出版社所推出的紀念書袋，幹脆就把經典作品的書封，直接印在袋上。

將絕版書封復刻印製成書袋，玩得最出名的還有來自紐約之獨立品牌 OUT OF PRINT。設計師把《綠野仙蹤》（*The Wizard of Oz*）、《愛麗絲夢遊仙境》（*Alice in Wonderland*）等首印原版的素彩手繪，透過轉印書袋而（形式上的）「重版出來」；又或者採用卡夫卡的《變形記》（*Die Verwandlung*）、伯吉斯（A. Burgess）的《發條橘子》（*A Clockwork Orange*）等，當年即以前衛風格震驚書市的封面設計。值得一提的是，該品牌還與公益組織 Books for Africa 合作：每售出一個書袋，他們就會捐贈一本書給非洲小朋友。

「掉」書袋的漫遊回到台灣，別忘了我們也有光榮自豪的在地品牌：高雄「書包大王」、台南「合成帆布行」等。以我個人的蒐藏和使用經驗觀之，這些家鄉的產品，其實比諸多數舶來書袋都來得堅固牢靠。說來諷刺，純靠手工車縫技術製造出來的方形書包，必須絕對耐重才能承載巨大升學壓力。而這竟然成就了它的耐操好用。

毫無疑問，對每個台灣現役中學生而言，那是恨不得趕快拋開丟棄的沉重對象。然而對於踏入職場的成年人來說，相對（或互補）於上班用的公事包、或展示性的名牌包，背書袋搭牛仔褲穿帆布鞋，反倒成了某種輕盈抵抗、青春延續的個性表徵。

如果某一天，有緣在異國街頭、本地巷尾、或哪個場所情境相遇。「掉」著的書袋，透露了你我持續漫遊晃蕩的自我認同。那時候，或許就掏出彼此袋裡正在閱讀的書本或雜誌吧，藉它們說聲哈囉，Nice to meet you！

書與床與旅

寫這篇文章的此刻，清晨七時、氣溫零度，從我所在大片窗外望去的十字路口，有一株七層樓高長得像聖誕樹般的巨木，在周邊商辦大樓環繞中顯得超現實。這裡是東京池袋西口。

雖然池袋西口公園，因爲石田衣良的同名推理小說、與宮藤官九郎的改編電視劇本而變得有點酷，但坦白說，從以前旅居東京，我就不是很喜歡來池袋，偏見地覺得那裡充斥觀光採購、俗艷打扮以及搭訕場景。昨晚，竟是我第一次旅宿於此。

熱鬧忙碌的台北國際書展昨天剛結束，我便臨時起意買了張機票飛東京，稍喘口氣。什麼行程都沒規劃，連住宿也未訂。有個印象先前看過日本讀書雜誌《ダ・ヴィンチ》介紹，說不久前池袋新開了一家「B&B」，但其中一個B不是早餐，而是書與床（Book & Bed）。頗感好奇，決定一探。

接近午夜才抵達。這家旅宿離車站很近，但卻低調到難找。位於普通商業大樓最高兩層，樸素招牌幾乎淹沒在一堆華麗餐廳中。電梯打開只見一個像 wine bar 吧台、幽暗的接待處。處理 check-in 的小哥波西米亞風打扮，英文很溜。一個床位一千多塊台幣，價位在膠囊旅館和青年旅社以上，但連鎖商務飯店未達。以寸土寸金的東京市區來說意外便宜，我也不敢太過期待。

雖然已經在網路上看過一些照片，但打開門走進一整排木造書架，以及和書比鄰著東一格西一格、隱藏在書架背後讓人鑽進去睡覺的方塊型洞穴，這景象還是壯觀震撼，即便說有點感動也不爲過。

構成「書與床」的基礎，首先是室內設計。建築師是跟我差不多年紀、廣島出身的谷尻誠。他在二〇〇〇年與吉田愛共同創立的 Suppose Design Office，獲獎無數（包括台北設計獎）。相對於大型建案，他們似乎更喜歡也擅長處理小規模、能巧妙而精準融合環境與生活感的建物設計。

二〇一六年夏天他們爲 Airbnb 設計的東京總部辦公室，以傳統茶室和親近自然爲靈感，交融使用灰色水泥與淺色木材，在呈現美系俐落作風之餘，同時彰顯日式柔和感受。而大隱隱於市的 Book & Bed，延續這個廣受室內設計圈矚目的風格，且入夜之後還更多了份祕境之美。

掛在黝黑天花版和木造書架上的一盞盞燈泡，柔和光照與其說是要「破除」黑暗，或許更給人一種「融入」深夜的溫馴。如此照明（其實更是照「暗」）設計，不僅彰顯了谷崎潤一郎讚頌的陰翳美學，更把每個耽溺於枕邊夜讀者，在無數夜裡介於光與影與字與夢的私密迷濛經驗，體現在這個半公共空間裡。

所以昨晚根本捨不得睡。當旅人們紛紛爬進書格背後的個人祕密小洞穴就寢後，我對這裡的探索才要開始。穿著睡衣和絨毛拖鞋，我安靜舒緩地瀏覽架上所有書和雜誌（書架後面甚至傳來沉睡的打呼聲）。一直到半夜三點，我腦中逐漸浮現這裡獨特的選書標準與陳列邏輯（即使看來或許只是隨機罷了）。

原來提供這裡四千本藏書的幕後推手，是 Shibuya Publishing & Booksellers。SPBS 的基地位於涉谷，融合獨立書店、出版社與編輯教室三位一體，是東京極爲活躍且個性鮮明的文化新創公司。他們爲 Book & Bed 的選書有一種介於大眾與專業、有點在地草根又有點世界主義的微妙平衡感。比如在我鄰近睡鋪上方的書架，碰巧就展示青木由香《最好的台灣》，以及《暮しの手帖》雜誌創辦人花森安治的傳記。

今早，我和有點嘻哈風的深田先生聊了一陣子——他明明只是坐在沙發上吃餅乾喝咖啡看書，一派悠閒旅人樣，誰知竟是這裡的主管。深田桑曾在紐約待過七年，然後四海爲家地旅行工作，我有一種「啊原來如此」的感覺。果然這樣新潮卻又溫暖的地方，總是有像這樣的一個人在經營。就像之前我主編的《台北祕密音樂場所》，書裡所探訪的場所與人，都有強烈的故事感，相互交織，生生不息。

近午時分，住宿的旅人都離開了，我繼續穿著睡衣在公共閱讀區的超大平台沙發上打字。說是出國散心，外頭天氣又那麼晴朗，此刻我卻必須趕稿工作，原本該爲此覺得遺憾悶氣的，但這裡一切實在太舒服（連選樂都很對味，也不用戴耳機）。書香四溢中半夢半醒，慵懶空想又生氣勃勃，此處意外成了這趟東京行的大彩蛋。我看今天哪兒都不去了，書與床就是滿滿旅行的意義。

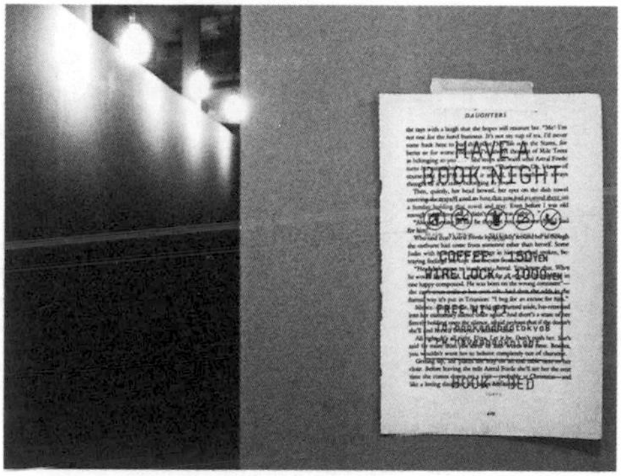

trying to book a peaceful dream……

選擇枕邊書，像是在失眠星河與
夢之草原的交界，
搭建一座專屬於自己的小橋。

有時也可能是艘小船，
載你去意識所不能及的祕境。

巷弄裡，時代的氣味

我人生第一次飛出台灣、出國旅行的地點就在東京，那是九〇年代後期，我剛從清大研究所畢業，二十六歲有點茫然、人生無以爲繼的時刻。

彼時，台灣社會好像已進入一個貌似民主自由的新階段，兩黨政治輪替競爭的態勢逐漸成形。而消費主義的根莖，則在日常生活每個縫隙裡密實生長。人們追求各種新奇慾望滿足，對快速流通的外來事物充滿興趣。比如「哈日」，幾乎成了全民運動。

赴日旅行的人數年年破紀錄，這趨勢與在台灣閱聽各類日本流行文本、消費日本食物服飾或生活用品等習慣緊密呼應，形成了一個迴路：我們總在這裡凝視某種理想化的「日本」，把這些想像帶去日本旅行實踐，然後再回到台灣繼續想念。

我也不例外地這樣去了東京，一個想像如在日劇中所呈現的「東京」。但沒想到，雖然只有一星期短短的初體驗，自己卻被深深吸入那個大都會的裡層。從此對我來說，東京不只是一個觀光消費的城市，更是一個可以總和所有人類知識的平台。

這麼說並不誇張，即使二〇〇〇年後我去了英國留學，對比於倫敦和巴黎等迷人都會的旅居經驗，東京始終毫不遜色。好像我愈往西方眺望學習，回映出的東京內在就愈發獨特美妙。

後來，我有機會前往東京客座研究，住在西郊的三鷹市，經常在中央線的各站進出晃蕩，也開始了「電車人類學」式的閱讀與研究。回台任教後，仍維持著幾乎每年都回訪東京的奇妙習慣，甚至迷上了「東京學」、與各種「路上觀察學」之類奇特角度的書寫。

我就是如此開始認識並喜愛起大正時期的永井荷風，以及生長於昭和的川本三郎，等等這些作家深入淺出、平易近人的「散步文學」。如今我造訪東京，已經不再特別前往什麼觀光景點，也都選擇住在不同的下町地區，散步就是旅程唯一目的。

川本先生在《遇見老東京》（いまむかし東京町歩き）這本書裡，提到的九十四個昭和街巷風景，或許已然消逝、只能透過文字或圖片追憶，但如果實際走訪一趟，還是會發現許多地方即使被都更了，某種時代的氛圍、庶民的氣味，仍顯現於小丁目裡的瑣細人事物中，微微閃亮。

這裡頭鉅細彌遺體現了近代日本歷史變遷。首先是江戶時代，迎向明治維新，接著「大正浪漫」，然後是昭和的不斷躍進。如何持續吞吐消化西方現代性、同時又與東方古文明交融混血，東京每個角落都在訴說這般故事，而我透過散步靜靜聆聽。聽不膩，也聽不完。

二〇〇六年因為一場對談，我與仰慕已久的川本先生相識（這眞是不可思議，就好像故事書裡的人躍然現身）。和我父親同歲數的他，竟然就在父親過世一年後偶然來到自己的生命中，並成為忘年好友，如此美好機遇我只能謝天。

對台灣讀者來說，比較熟悉川本三郎的形象，似乎還是《我愛過的那個時代》（マイ・バック・ページ）裡的昔日社運熱血青年，或者是最早評介村上

春樹的推手之一。然而他在東京學與散步文學主題的眾多作品，雖早已享譽日本，但台灣較遲引進。

現在，終於透過他（以及他博學引述的無數前人作品），我們得以重新認識東京，再探日本；甚至，也重新反思了與日本關係密切的台灣自身。就此而言，我深深覺得《遇見老東京》這本書，已不只是文人對於消逝地景的懷舊書寫，其實更是充滿未來感，能指引讀者想像未來東京、乃至你我居住城市的變遷樣貌。

又或許，這也是爲什麼川本先生自從造訪過台灣後，每年都會找機會再來這兒，一起散步。畢竟，每一條巷弄，無論在日本或台灣大小城市，飄散著既陌生又熟悉的時代氣味，永遠都迷人至極。

迷路在彩繪村與天空步道

台灣小小島國，三百六十八個鄉鎮市區，據說已有超過兩百多座「彩繪村」。很顯然的，無論漂亮官話如何宣稱，多數人並不會相信這代表著什麼美學下鄉或藝術普及。除了某些有故事也具特色者，彩繪村多半已被視作流行跟風，是地方人士認為可用以招攬觀光的便宜投資。

這股熱潮的濫觴可溯及台中「彩虹眷村」。二〇〇八年時，家住南屯區春安里的榮民黃永阜老先生，在即將被都更而拆除的六幢建物周邊，著手彩繪作畫以為留念。後來經學生自主發起「搶救彩虹村」活動，台中市府雖認定該建物尚不足被認定為文化資產，但卻破例用「彩虹藝術公園」之名義予以保留。

當時這個過程的政治脈絡值得玩味：二〇一〇年市長選舉，民進黨祕書長蘇嘉全空降台中挑戰胡志強，他在網路串聯行動開始後，便親訪黃老先生。此一政治壓力，連結媒體大幅報導、網民灌爆市長臉書粉專的留言，讓市府以罕見的彈性和效率，通過保存這個拍照打卡勝地，並收編為自己政績。

彩虹村起死回生，甚至從本地紅到國際，誠然美事一樁，但此例一開，彩繪村遂如雨後春筍般在全台各地出現，且不再只是政府被動地對居民自繪自宅的允許和保留，而是由政府主動編列預算，選定特定村里直接進行無中生有的塗抹工程。

彩繪村的流行（甚可說氾濫），其實就是民代「爭取建設」、政府「展現政績」、媒體炒作話題與鄉民到此一遊，這四個需求交織在一起、最廉價取得卻也最容易滿足的發明。

而這種極度淺碟化的觀光供需，同時也展現在近年各地瘋建「天空步道」。根據統計，台灣目前已有十八條天空步道，還有三條正在規劃。二〇一七年，由阿里山國家風景管理處建造、號稱全台最長吊橋的「太平雲梯」，在嘉義縣長張花冠帶頭宣傳的網路影片引起熱議後，正式開始營運。事實上，鄰近的南投，長期由國民黨執政，已蓋出了全台密度最高的八條天空步道。

不分藍綠，在各地競逐搭建更高、更長、更驚奇、更侵入山林的天空步道，把它當作高投資報酬率的觀光建設，卻無一做過環境影響評估，只因其量體規模未達法規環評要求。其實，根本無需動用學者專家的分析，一般人憑肉眼即可看出，這些貿然架於群山萬壑的巨型吊橋，肯定對水土保持與動植物生態產生劇烈影響。

多麼矛盾而諷刺——以推廣藝術爲名的彩繪村，多數都只有供人拍照打卡的娛樂目的，完全是消費與耗損性的，而沒有生產出足夠與在地庶民文化深刻連結的可能性。而以親近山林爲名的天空步道，則持續展示迎接蝗蟲般觀光大軍的誇張姿態，根本不在乎自然保育的基礎價值。

最悲哀的是，像這樣的地方觀光治理邏輯不只有害，而且也不如想像中有利。或許在一個流行話題的浪頭上，人潮來了，產值乍現，但很快的「柳暗花明又一村」——總是有更可愛或更獵奇畫風的彩繪村粉墨登場；或「一山還比一山高」——加碼建造的天空步道如摩天樓競賽般地殘酷汰舊。新奇感的追逐總有賞味期限，那些一時風光如今已被遺忘的景點，殘留下的諸多問題有誰看見？

二〇一七年是聯合國世界觀光組織（UNWTO）特別宣示推廣的「國際永續觀光發展年」。具有永續性（sustainability）的旅遊建設與活動，必須將自然環境、社會人文與經濟利益三者間的平衡同步納入規劃。台灣面對這樣的標準，我們及格了嗎？

解放耳朵，現在開始熱身

「找一個日常熟悉的地方，坐下來把手機關掉，閉上眼睛，放空沉靜。接著打開耳朵，盡可能地全開。專注用心記下你所聽到的周遭一切：遠的近的，清晰或幽隱的聲響樂音。至少過十五分鐘才睜開雙眼，切換成視覺觀察模式。最後，試著比較剛剛兩種不同感官的體驗差異。」

這是二〇一七年我在台大開授「音樂社會學」課程時，由於學生過多教室擠不下，不得不用以篩選想要加簽選課者的作業之一。而出此題目的靈感，就來自於提出「聲音地景」（soundscape）概念的大師薛佛（M. Schafer），他的一本經典小作《聽見聲音的地景》（*A Sound Education*）。

之所以說「小作」，乃因相對於薛佛設下典範的巨著《世界調音》（*The Turning of the World*）（一九七七年初版，後來再版更名爲《聲音地景》），本書顯得輕薄短小、平易近人。乍看洋洋灑灑多達一百條有趣的練習提案，但卻又大量留白，充滿閱讀的餘裕（也是聲音的餘韻）。大師返璞歸眞似的，完全不以複雜論述或抽象概念來「教誨」讀者。而是訴諸會心一笑、引人入勝的直接體驗。

薛佛其實寫過很多本給音樂老師的新型態教育手冊，但《聽見聲音的地景》這本精巧之作更饒富創意，充滿教育現場的指引功能，卻絲毫沒有傳統教材的刻板框架。透過聽覺的深化與廣化，聯覺開展出的跨感官體驗，既新奇又啟發。每個實驗或遊戲設計，都在召喚任何一位渴望重塑自我與環境關係的讀者（也是聽者），無論他是什麼樣的學經歷背景、各行各業、不同年齡或性別。

這本書的對象，絕不只是相關學術領域中的教育者或研究者，也不單是投身於聲響樂音展演的工作者或愛好者。更有趣的設定其實是大眾讀者，如何可能藉由各種異質化的聆聽，進入一趟又一趟將日常生活「轉熟爲生」的旅程。

什麼是轉熟爲生（defamiliarization）？這是當代人類學的一種方法論，主張在面對習以爲常、或習焉不察的熟悉事物與日常狀態時，能以一種暫時抽離、去除既定認知與感覺框架的態度，亦即彷彿變得陌生而不熟悉似地，重新去經驗、檢證、理解並詮釋。我認爲這個態度不僅爲從事研究的學者所需，或許任何人都可以練習進入這樣的反思。目的是：想想爲什麼生活樣貌只能如此，有沒有其他可能？

而反思的前提就是聆聽。二〇一六年我曾帶領一個團隊編著兩本關於台北聲音地景的專書，我們有幸認識多位從事採製聲音地景的達人（可稱之爲soundscapist），他們不約而同都對各類自然生態或人群文化的聲音充滿好奇。

懂得聆聽的人，多半都有一種謙遜、溫柔、自省與共享的特質。他們的耳朵有著比一般人更敏感開放的能量，細膩引領其深入生活的內裡，卻又能適時發現「轉熟爲生」的趣味。

因爲聆聽必須先讓自己靜下來，此時就會專注感受自身與周遭環境人事物的關係變化。換句話說，當你的耳朵徹底打開、並能明辨各種層次的聲音時，你的身體也就同時朝向自然萬物（也可能反過來，不是對外開放而是反求諸己、面對心靈深處）地打開了。薛佛說，這就是一種「清耳練習」。

倘若清了耳，穿越了各種雜訊噪音而能專注聆聽，我們就可能重新發現三種重要的聲音：被科技事物與消費主義擠壓破壞的自然生態，被社會腳本與功利關係僵化界定的他人對待，以及被現實生活與角色扮演困住無解的自我存在。由此，清耳聆聽、反身思辨、起身行動，便構成了三位一體的新生活實踐。

於是我認爲《聽見聲音的地景》這本小書，終究仍是企圖宏大之作。它透過聽覺的考察與再造，不斷衡測著一個社會的文明進程到達何處：是否能更加細緻體貼地善待環境、他人與個我？又是否擁有一種超越西方社會、長久以來「視覺中心主義」（ocularcentrism）的多元文化可能（比如薛佛曾大力讚許日本傳統造景，對聲音表現的重視）？

而同時，這也是一本自我成長與團體動力之作。你可以把它隨身放在袋子裡，搭捷運或喝咖啡時隨機翻上一個習題，既收平心靜氣之效，更能促成一段冥想哲思。

當然，本書也鼓勵三兩成群一起玩賞。把聲音的蒐集、連結、設計與再製，當成是家人好友間的交流新活動。透過一起聆聽、吐納、想像，分享與溝通彼此對這世界的喜怒哀愁、異同感受。

薛佛如此浪漫卻也務實地總結：「這是一個教育的過程，從個人或小團體開始，再逐步擴大，像池塘裡的水波那樣，納入愈來愈多參與者，直到最後影響力擴及所有市民，終於影響各個地方的政府為止。那時——直到那時——我們才能期待全世界的聲景有所改變，變得比現在更優雅、更美妙、更有地方特色。」

這場嘗試要扭轉視覺宰制獨大的想像力運動、與自由的感官解放，現在開始熱身。

媽媽把小孩帶來這個門面樸素而有點歷史的爵士喫茶，自己一邊看書（不滑手機），一邊督促孩子寫作業（小男童竟也同時隨音樂 swing 得很對拍）。一個悠然的小鎮午後。

各種音樂與外來文化，就應該像這樣遠渡重洋卻落地生根，一點也不潮更非「文創」，全都只是日常生活，是毋須裝腔作態的柴米油鹽罷了。

我放空坐了一陣子，吃著咖哩炒飯配一又三分之二張黑膠（從 John Coltrane 到另一張我不熟悉但應該是 Free Jazz 時期的）。離開時經過這對母子桌邊，我聽見小男孩 ：「等一下我寫完可不可以叫叔叔（應該是指店老闆）放上次那一張有叮叮咚咚的嗎？」

莫非男孩喜歡的是有鐵琴編制如 The Modern Jazz Quartet ？我當然不知道。但我感覺得到，這孩子（或許跟他媽一樣），已經逐漸長成一個硬派的爵士樂迷了。

劍橋，一段昆德拉式主題的輪奏

「在水邊草地我慵懶躺下，環抱我的金色陽光遍灑地上。逝去的午後被溫暖曝曬，昨日的聲音被帶到城市角落……」

某個理應忙碌卻動不起來的台北週末下午，突如其來的雷陣雨接管了城市的喧囂。我無意識地播起這首 Pink Floyd 在劍橋所寫的老歌，有點催眠。半夢半醒中，閃現著十年前曾經那樣生活過的自己。

對我來說，所謂劍橋如果不是一紙畢業證書，到底還意味著什麼？人生一路以來昆德拉命題式的輕與重、笑與忘，自己除了虛榮與疲憊，怎會沒有更深情的銘刻？

我記憶著，從夢想的界內守備到界外。我也遺忘，在羽翼重新適應飛翔的路上。

你不曾來過劍橋——

但你卻一直「記得」也想像著關於劍橋的人事物，來自他人的描繪與述說，早已不知不覺銘刻在你的心版。「每個開始，畢竟都只是續篇，而充滿情節的書本，總是從一半開始看起。」我鍾愛的辛波絲卡曾如此訴說。康河、雲彩、草原、尖塔、教堂……所謂「劍橋」，超眞實的擬像，成了自己在二十世代末期嚮往的方向。

毫無疑問那時你清楚意識到，機會偶然降臨，就得朝它而去。一旦成了必然，沉重隨之而至，而且有了價值。這三位一體思維，完全是昆德拉在《生命中不能承受之輕》裡揭櫫的核心命題。

秋夜：重，與輕——

不安還是有的，再美好的自己想像或別人經驗，都掩蓋不住你對未知生活的複雜情緒。坐在從倫敦國王十字車站（King Cross）出發的火車（彼時那兒還沒有哈利波特的月台），你看見玻璃窗上自己與廣袤油菜花田的疊影，你很清楚，這終究不是對徐志摩和陳之藩、或任何歷史人物的致敬或追憶，這段旅程必須屬於你。「這趟旅程是為了發現我自己的地理學」，十九世紀的俄國作家果戈理（N. V. Gogol-Yanovski）如是說。

初秋的日暮你抵達，除了滿地枯黃的落葉被風捲著一起跳舞，這小鎮迎接你的戲碼竟是一段荒謬劇：鐵路嚴重當機，乘客們被迫在幾哩外的不知名小站等待接駁公車進城。糟糕的服務態度、無效率的調度、習以爲常的無奈，你在異常冷冽的秋風中，接受英國生活的震撼教育第一課。

終於來到這不知已「看過」多少次的國王學院（King's College）前。即使入夜，你仍感受到街景如畫。時間銘刻在廣場的每一個細節，即便連禮拜堂前那棵巨大的七葉樹也令人讚歎。租售學院禮服與長袍的老店、每半小時新鮮出爐的太妃糖小舖、展示本地藝術家傑作的精緻畫廊、有著一整排深色木櫺落地窗的咖啡館、滿屋子充塞著大小泰迪熊的專賣店（後來它令人感傷地消失了）……暗夜中各自亮著神祕光芒的櫥窗一字排開。

拖著沉重行李，匡啷啷地穿過古老學院的中庭、依循著石板道來到康河畔，你深深吸了一口帶有濃郁青草味的空氣，讓自己清醒地在霧色中搜尋各類印象及其影子。儘管，中世紀的老建築們早早入睡，連瓦斯燈都醉醺醺地瞇著眼。

這是你和它的第一夜，與其說一切新奇陌生，不如說一切 déjà vu（似曾相識）。你想起瑞典人類學家羅夫葛倫（O. Löfgren）在《度假》（*On Holiday*）一書中所討論的奇妙命題：「異國情調的熟悉感」。

許久後，你在不知名雀鳥的探問中醒來。睡眼惺忪躺在淺水藍的床單上，仰角面對窗外未明的暗紫天空。

你確曾來過劍橋——

發著呆，你感覺一縷冰冷空氣，從窗櫺縫隙悄悄鑽入面頰的毛細孔。是的，你就住這了：距離康河畔五分鐘路程的莊園路三十九號，名喚「蚱蜢居」（Grasshopper Lodge）——一棟維多利亞式有庭院宅邸。

你在二樓邊間的房，恰如佛斯特（E. M. Forster）的小說名：*A Room with a View*。在前夜飄過雪的隆冬清晨，你只聽到唱盤中發出微量的德布西（是

Arabesque鋼琴曲）。沒有人車經過，這般尋常的一日之始，總是美麗而孤獨。

冬晨：輕，與重——

寒冬難得露臉的太陽，輕拂著地表那層薄雪。天空大地一片銀亮，把陰森的老屋、枯乾的老樹、消沉的老心，全都打上一層光蠟，強迫你抹去陰鬱跟著開朗燦爛。緩慢走在小徑，把凍僵的手掌，交叉藏在小牛皮獵裝包裹的胸前，你喜歡這樣的散步姿態。穩重而輕快，凜冽而溫暖。偶爾還會有些粗糙俗濫的「僞詩句」，以靈感之姿輕敲著自己的腦門。你記在日誌裡，肯定不會願意寫在這給大家見笑的。

你總在國王學院雄偉的門樓下駐足，當然不是爲了和擁擠的觀光客一起拍照或讚歎，而只是例行地重複一些簡單但卻幸福的動作。比如說，你喜歡和高壯的門衛大叔聊幾句天氣，或觀察在門拱上築巢的燕子啾啾來去。而在這之前，你可能剛去查了自己信箱，看有無故鄉的音訊。或者才剛在門口那個鑲著維多利亞皇冠的紅色郵筒，投進了你深切的思念。

你終究是深愛這個學院的，儘管它偉大的盛名與你其實無關；甚且，在這裡屈指可數的台灣同學讓你感到的不是孤傲，而是恆常的孤獨。國王學院這名字雖然貴氣，但其實卻是眾多驕傲老派學院中最平民可親、自由開放的。它接納來自藍領或移民家庭學生的比例最高，也是最早招收女生的學院之一。此外，它也率先廢除了至今仍有許多學院餐廳仍堅持實行的等級分坐制。

學院裡喝酒的地方叫「凱因斯吧」（Keynes Bar，對的就是以那位經濟學巨擘命名，據說這兒曾經是他的研究室）。而地下室的公共電腦中心則叫「圖靈室」（Turing Room，沒錯就是那位偉大的數學家、電腦原型的發明人）。他們都曾在這學院度過青春。圖書館裡，則有許多大師在扉頁簽名捐贈的書籍，像是社會學家紀登斯（A. Giddens）、史學家霍布斯邦（E. Hobsbawm）、以及兩度獲得諾貝爾獎殊榮的生化學家桑格（F. Sanger）等。

然而你最愛的、有著無比靈光之處，還是位於學院餐廳二樓的研究生交誼室。小說家佛斯特在那裡度過了生前最後的二十多年。你經常買份薯條，坐在壁爐前的舊沙發慢慢吃著，而那位眼神憂鬱的先生，就在一旁以黑白照片之姿陪伴，他是你從十六歲讀《翡冷翠之戀》（*A Room with a View*）便深深仰慕的一代文豪。

據說，一直到佛斯特在一九七〇年過世之後，他壓抑隱藏了近六十年的出櫃之作《墨利斯情人》（*Maurice*）才在這房間被發現。如果真如吳爾芙所形容，佛斯特像隻深藍色的蝴蝶，那麼他的房間（也是你常啃著薯條發呆的地方），就是他幽蔽而安詳的蛹。

穿過中庭往河走，一年四季總是油亮著的大片綠地，牛群低頭默默吃草。你一直覺得這般景致，永遠都是心靈的療癒。「永遠不死的牛群啊！」這是佛斯特《長路漫漫》（*The Longest Journey*）的開場——幾位青年學生面對此景發出議論：「牛群一直活著⋯⋯無論我等身在劍橋、冰島抑或死去，牛們都將永遠活下去。」

你酸澀一笑，繼續走著，身子已暖了許多。在重與輕反覆辯證的同時，昆德拉《笑忘書》（*Kniha smíchu a zapomnění*）裡的主題也在律動。

春午：忘，與笑——

三月後園（The Backs）裡的一切，都是讓人忘記沉重與哀愁的百憂解。一條優美蜿蜒的椴樹林蔭小徑，帶領人們穿過草地。粗壯的樹幹與康河的分流之間，是一整片爭相冒出頭的白、黃、藍、紫色小花：風信子、水仙、銀蓮、鈴蘭、藍星星和棋盤花。

從後園眺望國王學院，那如畫景致據說四百年幾無變化。前景是楊柳低垂、扁舟葉葉的康河（以及那座令徐志摩醉心的三環橋），其後則是一整列典雅的建築奇觀：古典主義的院士樓、後歌德式的禮拜堂、和文藝復興風格的克萊爾學院（Clare College），對稱而炫耀地羅列在後園壯闊的草地上。

這美景的確令人忘憂。但作爲一個研究生而非度假者，必須戰戰兢兢對抗課業的現實，卻總是在你忘卻的同時，由後園反向遠方的一座五十米高塔來提醒記得。它是大學總圖書館，讓你又愛又恨的一個標的。

這座正面看來成一個「凸」字形的深褐色龐大建築，你怎麼看都覺得頗像台灣總統府。根據法律規定，英國境內發行的每一種書，出版社都有義務要捐贈一本到這裡。於是不難理解爲何你總是在裡頭迷路，畢竟七百多萬冊且仍在持續擴增的規模，只能用書海浩瀚來形容。

甚者，一個小小劍橋市鎮除了這座大學總圖，還有一百多個學院、系所和公共圖書館、四大家如誠品規模的獨棟書城（包括聲譽斐卓的大學出版社門市）、以及散見於巷弄的各類古書小店。歌德（J. Goethe）曾經讚頌耶拿（Jena，位於德國中部）是個「以知識堆積起來的城市」，若用同樣標準來看，劍橋應是有過之而無不及。

散步在輕盈的繁花盛開的後園小徑，以及沉重的智慧積累的書櫃走道之間，性喜天性浪遊的你還需要更多呼吸的空間。據說維根斯坦（L. Wittgenstein）當年在劍橋，寧願看推理小說也不愛讀哲學期刊，愛去電影院看西部片更勝於參與學院討論會。你當然不敢自稱追隨其後，但每週必去藝術電影院報到的習慣卻已養成（尤其是午場觀眾最少的時刻）。

此外，你也愛逛市集、愛闖巷弄，幾乎想把這古城裡的每一個店販、每一戶建築都好好閱讀。通過三一巷（Trinity Lane）去超市買菜是你百走不厭的路。

這條窄巷被兩座古老學院的高聳磚樓夾在中間，巷旁的斑駁石壁、厚重木門、玻璃油燈，共構出古老而神祕的異時空氛圍。當然，你不會忘了去眾聖花園（All Saints Garden）的手工藝市集尋寶，然後在旁邊小巷裡的可愛乳酪店，買手工義大利麵、私房醃大蒜和本地農莊自產的蜂蜜。

晃蕩了一圈，你再次回返河畔。悠悠康河，總是能讓一切思考與情緒載浮載沉。也於是，你想到了撐篙。那個劍橋夏日午後必彈的調子。

夏暮：笑，與忘——

跟學院門衛借了船鎖的鑰匙，一個綁在黃色橡皮小鴨身上（以防掉入河底）的可愛玩意，原來那是你網路暱稱與電郵帳號「camduck」的典故。你老是抱怨劍橋的「浪漫」是 種過度建構的刻板印象，罪魁禍首是這條細小的康河，始作俑者則是曾在此撐篙的騷人墨客。不過話說回來，你終究無可救藥地愛上這項休閒。

撐篙的動作若要流暢，必須經常練習。站在狹長扁舟的尾端，不費力而悠哉地向著河裡抽插長竿，讓船以一種舒緩的節奏輕巧滑行。是的，這個運動的本質相當音樂。

你喜歡把船划到水流靜止而過往人少的曲折處，閉目斜躺，讓嘴角微微上揚，不需原因地傻笑；讓腦袋放空，什麼壓力都不復記起。不愛露臉的太陽，照例和雲朵玩捉迷藏。總是清新的楊柳，彎身親吻幽靜的河水。三五成群的小鴨，華爾滋般地划行而過。你有些後悔，忘了帶瓶水果甜酒，上船小酌兩口。或許做作，但總須如此。

撐篙划舟行經康河三座名橋，對觀光客來說是必遊的旅程，對你而言更像是一種人生通過儀式（rite of passage），每年入夏你駕著舟這麼來回一趟，對自己宣告：「又是你最愛的季節來臨，所以凡事不如開朗以對。」

數學橋，你喜歡它巧妙幾何構成的直觀美感，更勝它那難辨眞僞、據說是由牛頓親手打造的傳奇故事。克萊爾學院的三環橋，你喜歡橋上那十三又八分之七顆的石球，也喜歡欄杆浮雕上騎著海豚的希臘神話歌手Arion。嘆息橋，有著與威尼斯同名建築的新歌德式蓋頂。橋底完美的弧度、波光粼粼投射其上，你每回航過都要伸手觸撫那石磚那光影。

而若航行遠些，康河上游是一望無盡的麥田和一字排開的白楊，是天空中變幻無窮、仿如辛波絲卡詩句有「種種可能」的浮雲，是野放的牛群、與翠鳥飛躍而過的沼澤小徑。一切和諧寧靜的呈現，甚至讓其實根本不愛自然野趣的搖滾樂團 Pink Floyd，都曾迷濛慵懶地吟唱了一曲。

「在這水邊草地我慵懶躺下，環抱我的金色陽光遍灑地上。逝去的午後被溫暖曝曬，昨日的聲音被帶到城市角落。」

如果可以，你眞想把那片刻、那天空、河水、老橋、楊柳，那一整條康河美麗的片段，全都包裹快遞寄予在擁擠台灣都會中勒緊發條努力著的親友。如果可以，你也想把彼時心境，牢牢黏貼在堆滿冰冷書本與艱苦論文的書桌上。如果可以，你微笑著，想就此遺忘身在異鄉、無論如何總是存在的疏離感與違和感。

傍晚微涼，你再次穿過林蔭小徑，沿著莊園路回家。足球場一旁的木造圍牆破了個缺口，由此隙縫望去竟是一抹淡紫微紅的天光。你不禁胡思亂想著，那缺口說不定是哪隻冒失鳥兒疾飛衝撞的結果，他正趕著去赴仲夏夜的精靈聚會。

回到孤寂卻溫暖的「蚱蜢居」，你癱坐沙發，凝視窗外天空不斷幻變的暮色。你閉目，開啟記憶、也遺忘，然後一個夢接著一個夢地做。窗外無預警地下起了小雨，淅瀝淅瀝叨絮著似是而非的人生。

醒來，十年後的此刻台北。

雨停了，漸暗的天空有一種幸福與毀滅交疊的顏色。昏曚中我接著想起〈Somewhere Over the Rainbow〉這首老派溫情的歌，被反覆播放於將要離開那段歲月的前夕。

那一切已經好遠，好不真實，即使它就在我的身體裡面。

你可曾來過劍橋——

CAMBRIDGE WINE MERCHANTS
Importers Wholesalers and Retailers of Wine Beer and Spirits
WINE BAR
WHISKY BAR
CAMBRIDGE
WINE MERCHANTS

TELEPHONE

No Surprises

這陣冰雹來得突然，車頂咚咚作響好像快被砸爛。他嚇得無法繼續往前開，只好暫停路邊。在壯闊連綿的峰巒間，經過的車輛渺小如蟻。他將地圖攤在方向盤上，找出目前所在地：蘇格蘭高地 A82 公路，別名「垂淚之谷」的 Glen Coe。

窗外嵐霧瀰漫，淒風慘雨。這是旅行的第六天，也是計畫中要「結束一切」的前日。

所幸才二十分鐘，陽光慢慢透出雲層。雨在漸亮的天色裡落下、敲擊擋風玻璃。霎時間水珠的影子跳躍在地圖的東南西北，啪搭地出現、再倏地消失，整塊「蘇格蘭」遍地開著花。

他拿出攝影機，拍下這迷濛景象並錄進旁白：「哇，妳看這很美吧！爸爸覺得妳可以彈妳喜歡的德布西，錄來當配樂……」

蒼茫大地一片寂靜，他卻聽到了Arabesque的音符，在風中。

此趟旅程，車內都不放音樂。「否則可能會瓦解意志」，一開始他就這麼告訴自己。長久以來，搖滾樂一直陪伴、默默支撐著他；但這次，必須徹底斷念。

上個月他偶然看到一則新聞：某位熱愛「水怪」的巴西富商前往尼斯湖卻遭船難，後來他家人捐出英國保險公司給的巨額理賠作爲水怪研究基金。他對水怪毫無興趣，但卻因此產生靈感。

他投保了高理賠的意外險，並著手各項準備：先去洽談超商加盟事宜（假裝自己將有全新的人生規劃）；去體檢證明自己一切健康；頻繁上背包客社群網站參與討論，讓自己看來像是作齊了功課，足以避免所有旅行風險。

旅程始於倫敦，租車時他又再次加保，然後一路北上。他預定在第七天結束，那會是個嚴重致死的車禍。而妻女將因此得到台英兩地的巨額給付。

出發前夕與妻長談，他告解了這陣子隱瞞的種種，卻又對未來即將如何說了謊。他早已被公司解雇，妻子並不知情。他掩飾得很好，每天一早送女兒上學然後「去上班」。他脫去西裝解掉領帶，開著休旅車四處晃蕩。天氣好時去堤邊閱讀或午睡，把過去從未有過的空閒時間消磨掉，等日落回家。他努力找過工作，但蕭條市況誰願意聘用一位年過四十的「前副總經理」？

這八個多月，房貸與日常開銷他還是一肩扛著，盡可能寬裕供給。然而並不算少的資遣費比想像中花得快，就連身邊可支用的現金存款也日漸捉襟見肘。

「回來後就加盟超商，重新開始！」他故作輕鬆地說；妻也贊同他先去旅行轉換心情，怎也沒想到，這是他祕密的自殺計畫。

即使是自己作的決定，仍難瀟灑面對。抵達英倫首日，他只在市區繞了一圈、隨便拍些照片就迅速逃離。城裡仍有奧運剛結束的熱鬧餘溫，看著滿街歡愉的觀光客攜家帶眷，他踩著油門四處閃躲，卻擋不住淚如雨下。

北上落腳 Sheffield，憶起電影《一路到底：脫線舞男》（*The Full Monty*）那群跳艷舞的中年失業漢，可愛又可憐；但轉念想到自身處境、以及台灣現時狀況仍遠不如當時英國，更覺可悲極了。他恨不得將旅程直接快轉至最後，省得再折磨難受。

這種自我幽閉的狀態持續了三天，連教堂的天籟歌聲、或鄉間蹦跳的野兔，都無法減緩他的苦楚。直到通過北英格蘭邊境，前所未見、壯麗卻安詳的山野景致才終於讓他片刻靜心（也分心）。

整個下午他望著浮雲，時而悠然離散，時而翻騰揪聚。他對著鏡頭錄了幾段話、然後刪除、接著重錄。反覆幾次後，他發現自己不再愁容滿面。晴空下他給了摯愛的妻女，一個「wish you were here」

的思念笑容。

他決定剩下的幾天認眞旅行。

於是在愛丁堡，步伐輕盈地將心情抬起，走在大街小巷他不再閃躲人群。他不停拍下想與家人分享的吉光片羽，也買了書、唱片、小玩意要送給她們。他開始感到時間不夠。

時間加速流逝。第六夜，他翻來覆去無法入眠。儘管當天才遇冰雹嚇到沒力，後來還載了求助搭便車的登山客、並與他們去酒吧大喝一頓，身心俱疲的他還是睡不著。畢竟，就是隔天，一切的終結。

他起身看看相片，整理留給妻女的禮物；滿滿一箱可要妥善固定，必須確保不會因車禍而撞爛摔壞。天一亮就上路了，「目的地」是 Skye（蓋爾語：「翼之島」）。

一路幾乎不見人車，舉目所及只有無盡的山丘和無語的羊群。儘管早已有了決斷的勇氣，此刻卻仍本能地恐懼。車裡外一片死寂，他握著方向盤，微微顫抖著。該說已經迷失了去向，抑或還在尋找？

他不自覺哼起了Radiohead的〈No Surprises〉。

「No alarms and no surprises, no alarms and no surprises

Silent, silent

This is my final fit, my final bellyache with」

十五年前，當兵時遭逢至親過世、女友離去，在人生最糟糕的日子初聞此歌——「不如死死算了」？「一起好好活著」？實在搞不清楚Thom Yorke究竟要推或拉你一把。

「Such a pretty house

Such a pretty garden」

「如果他或我那時離開世間，這首歌就不會被唱出或聽到了」他嘆了口氣。Thom在MV最後仰頭浮出水面大口呼吸的畫面，閃過腦海。

呼吸。打開車窗，清冷空氣隨風而至，彷彿從氧氣筒溢出般。

退伍後遇見她，並肩走過長長一段路，簡樸地結了婚生下孩子。女兒是他在三十歲後期，面對殘酷商場鬥爭時關鍵的救贖。

「No alarms and no surprises（let me out of here）……」

無法在最後一刻說出自己有多愛並感謝對方，是人生最大的遺憾，也是無盡的孤寂。

No alarms and no surprises（let me out of here）。一定也死去活來無數次的 Thom Yorke，不斷在水底憋氣又浮出呼吸。

「還是回家吧」，他抓緊方向盤，苦笑著；一百八十度的逆轉決定，奇妙的幸福感湧上胸口。迫不及待現在就想見到她們，讓妻痛罵自己一頓，教女兒怪腔調的高地英語。先睡個覺，好累……

入夜後，「他」總會去妻子經營有成的小咖啡館，靜靜佇在無人窗邊。轉角是妻子專爲女兒設計的VIP小桌，有時她就坐在那兒

看書寫作業。牆上掛滿了他在高地拍攝的相片：壯闊的風景、純樸的人們、可愛的動物……

至於他生前最後一張照片（在離開 Glen Coe 峽谷路邊，應該是搭便車的登山客幫他所拍），就擺置在妻工作的吧台邊，笑得陽光燦爛，永遠。

「Such a pretty house, such a pretty garden……」

關於〈No Surprises〉

收錄於改寫搖滾歷史的經典專輯《*OK Computer*》，這首歌的詞曲相對較為「簡單」。但正如 The Beatles 以〈Yesterday〉證明「簡單」即足以偉大傳世，Radiohead 賦予此曲飽滿情緒，召喚出聽者深刻共感。MV亦是「簡單」卻不思議的強烈影像，看 Thom Yorke 没頂又重生，我們一同沉浮。

Vehicles and Animals

走出銀行，雨還在下。我一手撐傘，一手拎環保袋，好重。六百枚十元硬幣沉甸甸地，好似在宣示這筆錢的份量，不像皮夾裡的紙鈔輕飄飄地，稍不留神就不知去向。再算一次，應該足夠：一次投三個硬幣大概可以騎個十五公尺，若總距離是三公里的話，大概需要這麼多。

就是今晚，我要拿這袋硬幣去，解救熊貓車。

它在百貨公司八樓兒童玩具區「上班」，我在地下美食街打工。從沒看過比這更老更舊的熊貓車！本應雪白的絨毛久未清潔而成了灰色，結果招牌黑眼圈因缺乏對比而無法凸顯，乍看以爲是輛灰熊車。這麼失魂落魄的熊貓騎一次還要三十元，根本乏人問津。

一旁的無尾熊車、小飛象車和另一部新的熊貓車，倒是形貌健全、毛色乾淨。儘管得要五十硬幣一枚，小朋友還是絡繹不絕。在一首接一首甜膩的兒歌裡，大夥兒精神抖擻地來回走動，孩子的爸媽笑著拿相機猛拍。只剩它總在牆角，連壁花都稱不上，便宜賣也沒人要。

上月底週年慶，洶湧人潮或許會給它帶來一線生機？某天我看著一對極爲樸素的夫妻，湊了湊彼此口袋的零錢，就剩六十塊，兩個孩子都要輪流騎，沒辦法只能選它。硬幣投下，熊貓開始走動，這才發現它甚至無法唱歌。熊貓沉默地拖著沉重步伐前進，儘管如此，這一家大小仍開心同樂。

短暫的歡樂體驗結束，它被騎到廁所旁靠逃生門的一角。徹底遠離玩具區。往後一整個月，它動也不動、安靜地蹲杵在那兒。有時路過的櫃姐無聊踢上一腳、老爹用它肚子旁的絨毛來擦鞋。一副資源回收樣。

實在是看不下去啦。我決定要解救它！幾天來在附近四處勘察它最好的歸所，就決定是巷口我的「母校」：一間學費便宜但設備簡陋、沒有雙語教學、一般中產家庭不會送孩子去的老舊幼稚園。這樣的幼稚園有辦法生存，大概是豪宅區裡其實還潛藏著許多辛苦討生活的人吧。

百貨公司打烊後，我躲在打工的廚房直到午夜。計畫經由載貨電梯將熊貓車運到地下停車場，然後沿車道慢慢爬坡出去，從大馬路鑽進小巷子，再一路騎到幼稚園門口，停好留張字條送給那兒的小朋友。

拍拍熊貓頭，要走囉，還好你已無法引吭高歌惹人注意，否則計畫肯定泡湯。

三枚硬幣落下，熊貓動了起來，我的心臟轟轟狂跳。摸黑穿過玩具區，算準警衛交班沒人留意監視器時，我們趕緊鑽進載貨電梯。

可是熊貓的腳步一時停不下來，大頭就這麼頂著壁角磨蹭，有點蠢。即使載貨用的空間較大，但要讓這笨重身軀迴轉一百八十度走出電梯，比想像中困難許多。

更糟的狀況隨之而來。首先是在停車場發現鄰道有人取車，慌亂中我趕緊把熊貓趴進車格，自己先閃到一旁暗處。取車者經過熊貓時煞了車，大概駕駛覺得自己眼花，隨即又開走。我喘了口氣，重新投錢一步步朝離場坡道而去，卻遭遇始料未及的麻煩：馬力不夠，上不去！唉，這傢伙從沒爬過坡吧，眞難爲它。我下車使勁推熊貓屁股，拚了。

結果多投了數十枚硬幣，顯然已超過原本估算。

總算完成第一階段救援任務，我們終於離開百貨公司。在台北深夜雖然什麼樣的人都可能遇到，但騎熊貓車逛大街應該是空前絕後吧。用手機小聲放出音樂，那陣子常聽的一張專輯：Athlete《*Vehicles and Animals*》。

「There are moments of escape for every one of us
And the beauty in the times that
we create
I saw you smiling
And I need my vehicles and animals
And I will be alright
Take me back to 1979 so I can find my open eyes」

吉他與清唱輕輕地蓋過熊貓車移動時的馬達運轉聲。

我們轉進小巷，就這麼反覆投幣地前進。看來一切順利，先前繃緊的神經暫時得以放鬆。秋夜微風徐徐，好個不思議的魔幻時刻。

提心吊膽的路途總算完成了百分之九十五，最後還須通過一個十字路口。手往袋裡一摸，赫然發現硬幣只剩兩枚——熊貓車即將卡

在路中不動，完了，一場災難！冷汗直冒中我四處張望，發現對街有些施工警示角錐……

將搬移過來的角錐圍住停格的熊貓後，我拔腿就往超商跑，哀求店員換我硬幣。隨即奔回原處，夜色中熊貓呆呆蹲在原地等候。「回來了，不會放棄你啦！」我氣喘吁吁自言自語。

有驚無險地再次進入巷裡，最後的一百五十公尺，目的地幼稚園就在街角。

「He can play all by himself for many hours
I have never seen a kid who's so content」
專輯已反覆了幾輪，此時又來到這首「主題曲」。
「And there is nothing from the outside that can touch him
'cos he's just learning how to be alone with one」
快到了我不想讓它再停下腳步，我持續不斷地投幣。

幼稚園門口的招牌都鏽了，藤蔓以一種不受拘束的姿態攀爬。其實不太記得童年點滴，媽媽常說我從小自閉，活在幻想世界。我想說穿了不過是大人們無法同理：沒有小孩願意讓人討厭，只是不知如何討人喜歡罷了。

可以停下來了，親愛的沒人要的熊貓車，你眞的很勇敢又努力。但爲什麼我不再投幣你卻繼續走著？是因爲我剛剛投進太多錢了嗎，還是最後一刻你後悔了？如果你不停下腳步，我們無法說再見啊（我還不想說再見……）。如果因此馬達燒壞，明天你怎麼陪小朋友玩？

再繞了一圈還是停不下來，突然間巡邏的警車從隔壁巷子轉出，朝我們正面駛來。看樣子是躲不掉了，只能選擇棄逃或等著遭盤問，然後以偷竊罪名被起訴。畢竟這世上不會有人相信，我今晚所做的一切是個莫名其妙的救贖。

「We've got our vehicles and
animals so
we're gonna be alright
And there's no need for us to go back in time
'cos we've found our open eyes」
你這隻壞熊貓，散步上癮不想停了，好吧，我陪你。警車大燈粗暴地直射你我身上，我們面朝前方，在歌聲中逆光前進，以如此愚蠢而固執的緩慢。

關於〈Vehicles and Animals〉

那時我還在劍橋，如果不是FOPP唱片行善待窮學生：「只要聽不合口味就拿來退吧」，我可能不會認識這個團。二〇〇三年由四個倫敦男生所組成的Athlete，發行了首張專輯《*Vehicles and Animals*》。樂評讚譽他們傳承且革新了Brit-Pop，樂迷則驚訝他們竟與Radiohead和Coldplay等團一起入圍當年水星音樂獎（Mercury Prize）。然而對我來說，這張唱片是在英國歲月裡異常明亮開朗的難忘聆聽經驗，是中和酸澀記憶的爽口微糖。

我遇

駕駛座上的未來作家

幾年前擔任過大學推甄入學的面試委員，聽到一些明星高中的孩子，侃侃而談未來想當社會學家的生涯規劃，眞是一種嚇到我的積極向上。不過，像這般來台大然後去留學、最終成爲一個厲害教授的人生想法，在這充滿菁英意識的校園裡，其實也沒什麼特別好驚訝的。

只是回想起當年自己，從私校考入清大，讀社會學對我來說，就只是爲了想釐清面朝世界的困惑、與面對自我的不安，如此而已。從沒想過，有朝一日還能出國、然後現在變成學者。也因此，畢業時找了一個政策幕僚研究的工作，但還是持續想著：然後呢、接下來的人生如何前進？

父親送我他的裕隆舊車，我每天就開著它去上班。穿襯衫打領帶，刻意讓自己「社會人士化」（儘管我始終對職場感到疏離）。我有個不爲人知的奇怪行爲，就是在車上有一搭沒一搭地自言自語。如果突然從後視鏡瞥見自己，會覺得這打理乾淨的傢伙活像個日本計程車司機，只差沒戴上一雙白色手套。

後來我還眞的計畫辭職去開計程車，甚至已準備報考職業駕照。除了相對彈性「自由」的工時（我問過很多司機都基於此般考量），對我來說還有一個奇怪誘因：這工作可能有助於自己不好意思說出口、但確切想從事的書寫創作。

一方面，開車對我來說是可以一邊思考、冥想或放空的事（所以自言自語）。另方面，計程車提供無數陌生的相遇，你可以靜靜觀察、也能有些互動對話。那完全是社會學想像的日常蔓生、持續穿梭街頭邂逅人群的田野調查。

沒想到近二十年後，我看到柏林影展金熊獎作品《計程人生》，完全實踐了那時的奇想。被譽爲「伊朗電影良心」、卻也因此被政府列爲黑名單的導演潘納希（J. Panahi），就這麼親自開著計程車，透過隱藏攝影機記錄了他與不同乘客的眞實對話，也藉此窺見當代伊朗社會複雜難解的問題。

我著迷於運將這個職業，明顯跟電影有關。無論是馬丁史柯西斯（M. Scorsese）在一九七六年導的經典《計程車司機》（*Taxi Driver*），或者賈木許（J. Jarmusch）的傑作《地球之夜》（*Night on Earth*）等。開著車巡迴城市角落、接送各色人群，司機與乘客共處在一個狹小空間，某種奇妙關係突然成立也隨時結束，既無過去也沒未來，就是些當下的對話。

雖然我終究沒當成運將，但卻開始記下搭計程車若曾有過的奇遇。比如二〇一七年我出差東京，遇到一位約莫三十幾歲的女司機，英文異常流利。如果你知道在日本開計程車，性別比例有多不均（女性僅百分之二），也就是說，平均要搭五十次計程車，可能才會遇到一位女司機；那麼就知道這個一期一會，對外國旅客來說有多難得。

她叫涼子，有「東京觀光計程車認定司機」的特別執照。我後來好奇查了資料，才發現要取得這個資格頗爲麻煩，必須通過「東京城市導遊檢定」和「友善無障礙研修」的測驗，其中包括語言能力、東京歷史、街道沿革、輪椅使用方法等。日本政府相當看重擁有這些知識技能的運將，希望他們能作二〇二〇年東京奧運接待全球旅客的開路使者。

不過涼子跟我聊的卻是她自己的夢想。當她得知我此行目的是演講、而我的身分之一是作家時，她有點害羞但又直率地說：「我正在寫小說」（這也不太尋常，因爲日本人一般不會那麼坦露私事）。她是位單親媽媽，二十幾歲時和一個搖滾樂手結婚，沒想到他在她預產期前三週，留下了銀行存摺、離婚表格與一封道歉信就落跑。她冷靜地生下小孩，回到娘家，在坐月子時寫了人生第一則短篇小說。

她發現，獨自寫作和開車接送小孩，是日常生活裡最讓人平靜的兩件事。在三十歲那年，她成爲了計程車司機，一邊獨力拉拔女兒長大、並開始計畫比較長篇的創作。我問她英文爲何那麼好，她淡淡地回，其實自己是東京外語大學畢業的。我故作鎮靜，心想這趟車程眞的是奇遇了（當下希望愈慢抵達目的地愈好）。

她說，無法開夜車，因爲曾被酒醉的男客從後座襲胸騷擾，且希望每晚陪小孩說故事、哄她入睡後就開始寫稿。於是考個特別證照，讓自己能被車行指定作外國人的包車導遊。客製化服務的收費較高，她就不用長時間上路工作。有時候，靈感來了，她也會在各種待客或用餐的零碎空檔，拿出平板電腦就開始打字。

我有點後悔那時沒有與她分享自己也曾想當運將的故事。我只是在下車付錢的時候多停留了一分鐘，跟她說：謝謝妳跟我分享這些，應該已經有很多人鼓勵過妳，妳可能像羅琳女士（J. K. Rowling）一樣寫出暢銷大作，或者拿下直木賞、芥川賞而出道，無論如何，都請別讓創作成爲壓力，只要開心而平靜地持續寫著就好。

雨中傍晚，我目送她的計程車，緩緩朝前而去。

莎喲娜啦蛋包飯

「你們還記得，我們三個一起去的那家在橫濱的蛋包飯嗎？」與相識十幾年卻已多年未見的兩位老友聚餐，吃到一半我突然問起。

友人說：「我前不久去日本時有路過，雖然已經沒開了，店頭似乎還保留原貌。」另一位友人感嘆道：「阿嬤過世好一陣子，連她的兒子應該也都退休了吧。眞可惜，那麼美妙的一家食堂，就這樣斷了傳承。」

轉瞬竟有點語塞，在林森北路六條通的沖繩料理店裡，這三個台灣人好像突然掉入了遠方的、青春的、逝去的味覺記憶裡……

十五年前，約莫是像現在一般的春夏交替季節，當時分別因工作和研究而旅居東京的我們，偶然循著一本地方性情報誌來到這個食堂。店內其實沒有什麼特別裝潢；不過，深咖啡木桌和酒紅色絨布座椅、老派泛黃的壁紙、古典油畫風格的貓咪肖像、以及手寫的菜單，全都如此鮮明遺留著昭和時代的氣味。

點完餐後，來招呼的阿嬤借了我們帶去的情報誌，她不需老花眼鏡逕自就讀了起來。坐在那個看來已經夠老、但似乎還是比她年輕的古董電話旁，她不忘吆喝著在廚房忙進忙出的兒子：「靠窗那桌的咖哩飯上了沒？」然後很客氣地問坐在裡面角落的我們：「這本雜誌可以借我影印嗎，我想給其他客人看？」

「紐約時報的記者也來過喔」，阿嬤突然對我們說了句英語。「因為之前橫濱外國人多，所以我總得學會幾句嘛」，她靦靦卻又掩不住驕傲地對我們開了話匣子。

阿嬤的名字是棚橋喜代子，生於明治四十四年（西元一九一一年）。父親原本從事貿易，一九二三年因關東大地震廠房付之一炬，為了營生在港邊開起一家小食堂，取名「梅香亭」，賣當時有點時髦的日式洋食。

從協助父親到接棒經營，從十出頭的少女變成高齡九十的阿嬤，超過三分之二個世紀的時間，喜代子固定每天五點起床張羅食材。她和丈夫、以及日後長大主理廚房的兒子，日復一日地，熬煮濃郁卻爽口的紅燒牛肉燴飯，煎炒金黃嫩滑而入口即化的蛋包飯蛋皮。

雖然開店態度如此執著堅持，但有趣的是，喜代子也樂於嘗試「創意料理」。比如，於紅酒燴牛肉裡加點特製醬油，在咖哩中混合牛奶、起司甚至蘋果或草莓，都是她的得意作品，也深受饕客喜愛。阿嬤大膽的食譜，可以說就是現代日本和洋混血精神的縮影啊。

那個午後非用餐時間，店裡僅有我們一桌台灣客人，而桌上則只剩美味到幾乎被舔噬清潔的空盤。櫃檯上的電視播著NHK兒童節目，儘管店裡並未見到小朋友身影。健談的喜代子阿嬤，一會兒和我們開講天南地北昔時今刻，手裡也沒停下來地整理帳冊和進貨單；一會兒接了電話和不知哪家的另一位阿嬤聊些有的沒的，隨後轉身鑽去廚房，和兒子討論一下晚餐準備事項。

一種時空凝結的、舒緩安逸的氛圍，自然地佈滿在這狹小而凌亂的空間中。不過是個極其普通的午後食堂罷了，卻讓橫濱觀光大街上標榜復古、刻意妝點的餐館們相形失色。

而那盤沒有任何「裝飾性」（如果拍起照來大概也不怎麼好看）的普通蛋包飯，扎扎實實就是以直球取勝的庶民美味啊。無論是銀座名店煉瓦亭的元祖蛋包飯，或者是綜藝節目很愛拍攝的那種「戲劇化蛋包飯」（鏡頭特寫扒開半熟的抖動蛋皮），在我的味覺記憶排序中，竟然都讓位給梅香亭這盤平凡不造作、有層次但沒匠氣的家常蛋包飯。

再次證明（就好像漫畫裡的將太發現了極品壽司的祕訣、或者《深夜食堂》之所以如此療癒雋永的原因）：美食之所以成爲美食的永恆香料，始終都是一種溫柔開放的人情味、與執著守護的生命力。

一期一會後的臨行，喜代子阿嬷熱情地送我們走出店門。暮色中，港風毫不客氣地吹亂了她的銀髮，她早已習慣而毫不在意地瞇著眼揮手道別。沒想到，這麼一鞠躬點頭說莎喲娜啦，就眞的是永別了。

莎拉大媽的藍調

我在芝加哥遇到的那位莎拉大媽，二〇一六年過世了。她從十四歲開始唱藍調討生活。雖然在二十九歲時曾經短暫赴歐巡演，也在巴黎灌錄過唱片，她卻始終無法靠一副絕妙歌喉出名獲利，於是她說：「人生大概就在這幾個熟悉酒館的演出裡度過吧。」

她出生在美國南方密西西比的農場，一九六〇年七歲時，隨著原本從事血汗勞動的父母親舉家搬到芝加哥，希望落腳這個中西部第一大城，找到讓日子好過一點的可能性。每逢禮拜日，莎拉小朋友會跟著家族，一起在黑人社區的教堂裡唱福音聖歌。

那個年代，白人種族主義氣焰狂妄，黑人民權運動方興未艾，各種驚心動魄的衝突事件，在全美各地每日上演。一九六八年四月，黑人精神領袖金恩博士（M. L. King）遇刺身亡，同年八月，民主黨在芝加哥召開總統提名大會，大批反對越戰與爭取民權的群眾聚集場外，芝加哥市長卻下令血腥鎮壓。就在街頭宛若戰場、被武警痛毆的民眾高呼「整個世界都在看」的同時，少女莎拉為了生活而中輟學業，專心努力在小酒館裡賣唱掙錢。我可以想像，她如何過度早熟地吟唱起世故的藍調。

一曲又一曲憂鬱深沉、沒有光鮮氣味的、繁華都會邊緣的藍調。無論是怨嘆愛情消逝或大吐生活苦水，在直白易懂的歌詞與即興搖擺的旋律中，這些歌始終都是一種對現實的吶喊、救贖的召喚。

當代最具政治能量與社會意識的黑人樂團之一「全民公敵」（Public Enemy）曾說：「饒舌歌是所有非洲裔美國人的CNN，他們藉此看見真實的美國、真實的社會。」那麼藍調呢，或許就如流動教會，讓黑人朋友無須辛苦撐到週日作禮拜，每晚在都市角落的酒吧裡，便能從出神的吟唱與吉他，得到宣洩、療癒，也感受歡樂、平靜。

三十多年後的某夜，我偶然來到這家位於市區、名為藍色芝加哥（Blue Chicago）的酒吧，它就在華麗張揚、知名的Hard Rock Café附近，顯得相對低調。對旅人來說這裡可能是個藍調演出聖地（《*Time Out*》雜誌曾將之選入芝加哥最佳樂吧之一），但在平常夜裡，店內幾乎都是剛從附近摩天大樓下班的商業人士。

我的鄰桌坐了幾位白人男性銀行主管，他們捲起筆挺襯衫的袖子，把名牌領帶從喉頭放鬆，一邊訕笑公司下屬的遲鈍，一邊和拉丁裔的女侍打情罵俏。想當然爾，在喧譁笑聲與酒瓶碰撞的此起彼落裡，陰鬱的藍調總得有些收斂。莎拉大媽識相地改唱起詼諧搞笑的情歌。

正如她將藝名從 Sarah Streeter 改成了 Big Time Sarah（歡樂時刻莎拉），當時已年過半百的她，雖曾發片出國巡演，在當地藍調愛好者的圈子裡也頗受歡迎，但那一刻仍得放下身段地爲醉酒的人客獻唱一曲生日快樂。從小就懂察言觀色、在白人夜生活圈裡討生活的莎拉大媽，轉瞬就把藍調變得輕鬆愉快。

演唱告一段落，看她辛苦挪動肥胖身軀，坐在一旁判若兩人地沉默飲酒，如此顯而易見卻不可言喻的落寞。我羞赧地走去打擾，請她在CD上簽名。可能是因爲酒喝多，她下筆都歪斜了。我說很喜歡妳唱的藍調，覺得相當感動，尤其是比較緩慢而哀傷的歌曲。

她抬起「原來根本不在意是誰找她簽名」的頭，看了我一眼，突然就酒醒般地清晰說了聲謝謝，並問我從哪來的。寒暄了幾句，她點起一根菸，悠悠地說：「其實，我一輩子都還是只喜歡那些老派的、很藍的藍調。」

走回吧台座位，我聽到隔壁幾位白人「菁英」還在嘲笑莎拉剛剛用她大胸部頂著壽星酒客的胡鬧表演。我決定離開了。城市遠方傳來浮誇的警車鳴叫，微醺中我有點耳鳴，彷彿聽到一連串聲音的剪輯：混雜著白天我在歷史博物館聽到的、黑奴被運往美洲船上的痛苦呻吟與低聲歌唱，金恩博士鼓吹和平抗爭的激昂演說，然後還有莎拉大媽剛剛的藍調。以及，前夜我在旅宿房裡，聽到鄰近黑人社區傳來的槍聲。

那晚睡前，筆記本上，我將昆德拉《生命中不可承受之輕》最後一頁的句子，倒過來寫：「快樂是形式，悲涼是內容。悲涼注入了快樂之中。」

開一家獨立書店，其實並不是一件多潮的事。相反地，它甚至要抵禦被所謂的潮或風格所影響。當「風格」成為消費主義的顯學，最「獨立」的書店，反倒是那些沒太多風格打扮的社區書店。

這樣的書店，可能有點破爛有點凌亂。他們沒有厲害的文案，但知道自己說著什麼樣的話語，有誰願聽。我不是看到任何推薦而來，如果這世上有書神，是祂為我帶路，在這勞工階級街區任意散步的相遇。

Tim 和 Simon 說，十多年來一直在此，「就像滑手機不知滑到哪去，但書的每一頁都提供閱讀者某種定位。你因此知道自己身在何處。」說得多好，多詩意。謝謝你們，萍水相逢，愛書即友。

宇宙（不被）塑膠人

還記得這段往事的，大概只剩十年前，曾在我初次開授「音樂社會學」課堂上的學生吧。那個初春下午，台大社會系館一樓最大教室塞滿了人，連走廊與窗邊都是擠不進來勉強湊著旁聽的同學。大家都想一睹這據說唱垮一個政權的搖滾樂團：宇宙塑膠人（The Plastic People of the Universe）。機緣巧合，那天他們竟能全員來到我的課堂，和學生們近距離座談。

在英文俚語中，「塑膠（plastic）」這字眼，被用來形容某人易受外界影響而變來變去。因此當這個捷克傳奇樂團初次赴英演出時，據說很多人都納悶於這個奇怪的團名：「啥，全宇宙最善變的人？」

上課前，我和 Vratislav Brabenec（樂團最元老的薩克斯風手）聊起這個誤譯，他優雅笑著說：「就當是反諷吧，如果我們真能傳達一些什麼給年輕人或音樂人，大概就是請各位要堅持自己理想，在人生路上，可千萬別輕易就被『塑膠』了啊。」

的確，幾乎沒有樂團像他們一樣，成軍至今已近半世紀，歷經極權政府監控、禁唱、逮捕、抄家、囚錮、甚至驅逐，且成員相繼年邁甚至過世，卻仍一點也不「塑膠」地堅守初衷，舉重若輕而理直氣壯，繼續唱自己的歌。

要說宇宙塑膠人改寫了歷史，可能有點誇大，儘管他們確實參與了捷克民主的變革。他們跟我說，實在有點怕再被冠以「英雄」稱謂：「我們不過是一群過於頑固的音樂人罷了。」

我永遠記得初見 Vratislav 時，便被老先生慵懶而厚沉的嗓音所吸引，彷彿天生就是要來唱迷幻搖滾似的。他一頭亂髮、嬉皮穿著，舉手投足不疾不徐，全都與台北過度躁動的城市節奏格格不入。但令人驚訝的是，Vratislav 一開口便表達自己對這島嶼所經歷過的白色恐怖歷史，感到遺憾與共鳴。

宇宙塑膠人顯然不只是受邀來台演出而已，其相當清楚必須傳遞更多關於「轉型正義」的訊息，畢竟他們也曾在祖國遭受類似政治迫害。「這些壓迫人性的悲劇，就是在不同意識形態信仰衝擊下所產生的。只有理解這點，才能讓對立的人們真正和解，防止悲劇再次發生。」Vratislav 如是分享所思。

而創作，就是促進人們反思乃至和解的必要投入。據此，宇宙塑膠人不僅定位自身爲音樂人，其實他們更努力作爲一群多向度的藝術工作者。的確，深受六〇年代美國音樂人如札帕（F. Zappa）、與眾多普普藝術家、以及「垮掉世代」（Beat Generation）代表詩人凱魯亞克（J. Kerouac）等多重影響，他們的創作已不只是唱歌彈奏，亦是一種跨文本的扣連，體現出鮮明而激越的時代感。

他們說：「那是個令人憤怒但卻又充滿啟發的年代。戰爭、壓迫和衝突，反而弔詭地刺激了音樂和文化的躍進。」但如今，他們卻日漸擔憂比政治與宗教衝突更形嚴峻的環境議題：「或許再過幾年，不同政體的荒謬對立，將被地表生存共同的危機所轉移。」

在他們身上，我竟然看到了一種奇妙的、近乎相生相剋的東方宇宙觀。乍看迷幻，其實清明。

座談結束前，代表宇宙塑膠人發言的 Vratislav 講了一個捷克式的冷笑話（其實是笑中含淚）。他說，以前當蘇維埃政府放出「今年是大豐收」的消息時，你就該知道「啊，這又是個吃不飽的冬季了」。也因此，他們從年輕至今，始終都對有權力者的各種論述，抱持必要的懷疑：「永遠別輕易相信從體制裡放出來的話。請相信屬於你真切的感覺，以及素樸的信念。」

怎也沒想到十年後，在同一間教室裡，我不顧台大校方禁止地、自主開授沒有學分的「失敗者社會學」（sociology of/for losers）。室內同樣塞滿了人，連走廊也都是擠不進來、只能湊著旁聽的同學。非常奇妙的既視感，如此美好卻充滿荒謬。

下課時，有位畢業多年不見、剛從某跨國公司轉職的學生，走來告訴疲累的我，今晚和學弟妹坐在一塊聽講，讓他突然想起了那個神奇下午的宇宙塑膠人；也謝謝我們仍能行走在同一邊，繼續練習著不願「被塑膠」地工作、生活，好好做自己。

在斷章中取義，在浮雲下跳舞

颱風前夕的河堤散步，我都會一直盯著那些翻騰卻安靜的雲朵，有種二律悖反性：持續不停變化，因此沒了差別；它屬於片刻，卻歸諸永恆。

我總在看著雲時都會想起，二〇〇七年在雲門的八里排練場，初見《斷章》之舞時的片刻恍神，彷彿看到已成天使的、英年早逝的編舞家伍國柱所踢落的浮雲一角。

記得當時台上台下都專注於演出本身，好像只有自己魂飛到背景的雲端，眞尷尬。但如今回想起來，或許當時我的凝視非得這麼暫時岔出，否則舞者每一個細瑣動作、表情甚至呼吸，實在過於用力敲打著我封存而潮濕的記憶。

舞者裸身抓癢，使勁力氣搔著全身；但表皮下的慾念和焦躁，卻隨血液四處流竄而無法制服。然後，肢體被自己用力推拉、扭曲、抖動、重摔又爬起；而表情則像快轉前進的錄影帶，在喜怒哀樂，甚或曖昧詭異的竊笑、靦覥、恐慌、失落中，跳過再跳過。這一切零碎、短路般的生活動作，都在重複、都是對抗、都將徒勞、都沒終點。

這是三十三歲時的伍國柱，在德國編的舞。同年的我則在劍橋寫著那看不到終點的博士論文。我們都是因著自以爲是的夢想、落腳異鄉的台客遊子，也是各自努力（並無力）於面對諸多三十而「慄」處境的焦慮男人；但我們未曾相遇認識。就像奇士勞斯基（K. Kieślowski）電影《雙面薇若妮卡》（*The Double Life of Véronique*）中，兩個不同城市裡命運隱隱相繫的人，在自己的世界用自己的方式，練習曲調共通的生活、面對無可避免的相似挫敗。

我其實羡慕伍國柱，身爲編舞者的他似乎可以將其思考和情緒，更誠實而直接地灌注到作品正文裡，不用僞裝成客觀而富自信的學院派，得將有著諸多衝突和困惑的自我，閃躲壓縮到欄邊註腳，甚至就地掃除。

於是台上的舞者，不藉隱喻地，就是用力跺腳，然後猛然墜地，匍匐前行。呼吸是如此大口但卻濃濁，軀體疲憊了但仍反覆動作。有時，仰著身作勢吶喊，竟發不出任何聲音。最後只能使勁吹口氣，假裝有個美麗氣球在面前，將帶你飛離現實般地，吹吧。

就這樣循環、拉扯、倒下去、起了身，四季流變，時間寫入人們的身體。當舞台上吹起秋風，金黃落葉既是滿天飛揚，卻也堆疊滿地；如此華美，如此蕭瑟。舞者們逆風前行，窸窣踏著枯葉的步伐有些沉重。所有機械化的動作仍在演練，或許偶爾嘗試跳躍，練習輕盈的可能。

關於記憶，是一次次「自滿 vs. 喪氣」、「亢進 vs. 發抖」、「熱絡 vs. 無助」等暴烈遊戲後的殘餘能量。至於未來，部分是自我任性和韌性的交織，以及，在沒有出路的困頓中來點自嘲的想像。辛波絲卡的詩句說：「我們何其幸運，不確知自己生活在什麼樣的世界。」你只能領受並經驗種種可能，像舞者般右手壓好帽沿、左手拉緊領口地緩步前行。

其實，沒有回頭路只能奮力闖蕩的三十多歲，對伍國柱和我各自來說，終究仍是美麗多於哀愁。伍國柱成了卡薩爾劇院舞蹈劇場的藝術總監，是歐洲表演藝術界的一顆新星。然而，他卻孤獨而自省地說：「原來在高處也是在最深處、最低處。」始終渴望被深刻理解、被用力愛著的靈魂，如此不安。

難怪他總讓雙人舞變得衝突。前一刻男女舞者才剛踏出和諧優雅的傳統舞步，沒多久就被解構成你拉我扯、進退維谷。一次次緊緊相擁、用力推開的循環，擺盪在彼此放棄和相互扶持的肢體，讓我們心驚膽戰、既不忍又無奈。愛情是傷害與救贖的辨證，是靈光乍現但賞味期限不明的「斷章」。或許每個人都無法也不該把自己的幸福，單純建立在對任何「另一半」的想望；人最終面對的不是投射你美麗身影的鏡子，而是赤裸裸的本來自己。

就這樣，個人不斷進出群體，人群則穿過自我。凝視著眉頭深鎖、孤獨站立的舞者，作爲　旁群舞的對比，觀看的我感到排山倒海的疲憊，以及嘗試要平衡這種宿命感叉的天眞熱情（某種純粹的、知其不可能而繼續爲之的、徒然的熱情）。一如最後，累了的舞者手中所拿，兀自要向上飄起、親近浮雲的七彩氣球。

只有一個多小時的舞作如此濃稠，彷彿每分每秒都被放大，而舞者和觀者的每個毛細孔也隨之張開。我的意識在節奏與肢體的煽動中，脫離了在台下靜坐的身軀，整個被牽引著，流動在台上的舞者之間，錯身、穿梭、衝撞、閃躲，其實有點慌亂狼狽。於是，那始終作爲背景、有所變也有所不變的大片天空雲朵，宛如鋪了棉花的壕溝，讓微濕的眼眶迅速風乾、微涼的身子稍感暖意。

颱風前夕的天空一切都很戲劇化。或許沉重的伍國柱，正翹著二郎腿，輕盈地坐在雲端，像溫德斯（W. Wenders）電影《慾望之翼》（*Wings of Desire*）裡靜靜觀看人間歡喜憂傷的天使，一切他都無能爲力，但一切他已包覆憐憫。而浮雲，繼續悠然迴旋著它二律悖反的旋律。謝謝未曾謀面卻又莫名熟悉的伍國柱，在世的我們都該好好活在長流的斷章，繼續跳著突兀卻又連貫的，日常之舞。

陽子的蹙眉與笑容

在照片裡她似乎很少笑。即便是她的美麗婚紗，或攝影家先生充滿溫柔愛意地爲其拍攝裸體，甚至有幾張在床上做愛歡愉時的畫面，陽子經常眉頭深鎖。整個展覽裡只有兩三張照片她笑了，是極其日常生活裡的一瞥：在河畔草地騎著腳踏車、在屋頂陽台準備早餐、在沙發旁側陪伴睡著的貓兒。

對我來說，陽子有點嚴肅的眼神始終是個「刺點」（punctum）——這是羅蘭巴特在《明室》（*La chambre claire*）一書中使用的重要概念，藉以說明在一張照片裡意在言外的「非訊息」、卻彷彿像支偶然朝觀者內心深處射來的箭。

陽子是位散文隨筆作家，她曾寫道：「人類有追求快樂低級散漫的本能，我們直接承認就好了。」感覺是那麼自在鬆弛的人，爲什麼在面對丈夫的鏡頭時，反而帶著一股拘謹的張力？這是二〇一七年八月初我來到東京都写眞美術館，觀看『荒木経惟センチメンタルな旅』攝影特展時，內心一直出現的疑問。

雖然許多照片都曾在荒木已出版的作品集中看過，但通過策展的編輯選擇與時空重組，我彷彿受邀再次進入這對奇妙夫妻的愛情與生活世界。如果可以，我希望自己能從陽子緊蹙的眉頭中，能多凝視體悟一些什麼。

二十年前，我初次比較清晰地「認識」陽子，其實不是從荒木的攝影也不是陽子的文集，而是《東京日和》這部改編自他們夫妻日常故事的電影。中山美穗扮演的陽子，優雅、任性、略帶神經質，有點貓性的女子。

電影裡的攝影師在妻子驟然罹病早逝後，看似平靜地一人一貓繼續度日，但過去兩人生活瑣碎一切：一起吃飯、散步、閒談、吵架、冷戰⋯⋯全都成了點點滴滴引人痛苦思念卻又協助自體療癒的記憶。

片中最經典一幕是他們去小旅行，先生剪完髮後，走出店門卻發現陽子不見人影，四處尋找有點緊張了，最後才赫然發現她沉睡在湖邊一葉小舟上。陽子全身蜷曲著，既像是在母體子宮裡的嬰孩安全受覆，卻又像是已經安詳離世。靜靜凝視著妻彷彿躺在新生與死去的相遇交界，丈夫潸然淚下。

事實上，這次回顧展的海報，恰好就使用了此張荒木拍攝陽子沉睡在小舟上的經典黑白照片。以至於當我僅只是來到展覽入口時，什麼都還沒看到，卻已經默默感到鼻酸揪心。

展覽中的「冬季」部分最令人揪心，但荒木只選了一些極其安靜的照片，完全沒有病房裡的苦痛樣貌。那一年，陽子罹癌並迅速惡化。「除了陽子過世的那天以外，她住院時我都沒有為她拍過照，因為這不是平常的那個陽子。就算在醫院裡，我也只拍從房裡往外看到的雲啊樹啊。」荒木曾這麼寫道。

陽子離開的那陣子，荒木也只是偶爾拍下他們摯愛如子的小貓奇洛，來表達自身再難填補的失落孤寂。比如奇洛獨自看著窗外雪景、或穿過陽子佈滿鮮花靈堂前的照片等等。這個展區的最後一張相片，正是一片銀白自宅露台上，奇洛突然在厚重積雪中輕盈躍起，或許那瞬間，荒木才感受到一絲繼續活下去的生機吧。

後來，荒木從自宅拍了無數仰望天空的照片。日本三一一大地震的前一年，陽子走後整整陪伴荒木二十年的奇洛也離世了，而荒木本人則因罹患前列腺癌開始接受各種治療，至今仍頑強地戰鬥著。

我順著時序看完展又倒著回溯重看兩輪。突然我明瞭了陽子面對鏡頭的蹙眉愁容，那是種迎向伴侶、認真邀請一起面對糟糕世界的默契：是啊，生存本質無法令人笑顏逐開，而你完全懂的，我就不用裝模作樣。或者說，正因如此，生活一起難能可貴，陽子分秒珍惜這個理解與凝視。

於是荒木只用相機記錄她絕對認真以待的嚴肅眉宇，但是卻永遠牢記或說始終保有著陽子專屬於兩人世界的笑容：「陽子，我記得，你一直在笑，就坐在我的面前的船頭。陽子，我以為你一直都會在我的身邊。」

4 陽子のメモワール
Memoirs of Yoko

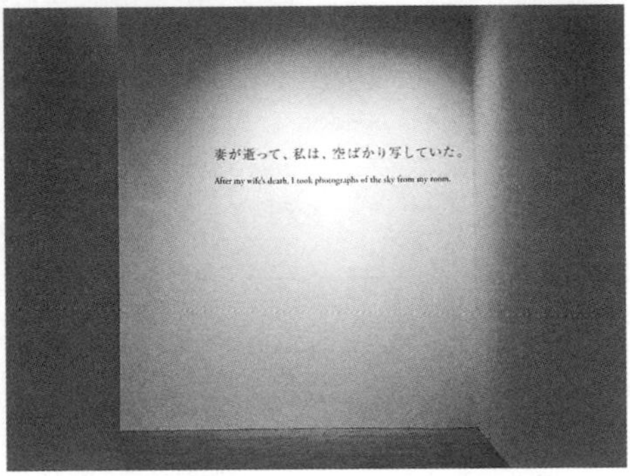
妻が逝って、私は、空ばかり写していた。
After my wife's death, I took photographs of the sky from my room.

關於泰山的青春記憶

「泰山」，一隻體重僅有三公斤半的迷你貴賓狗。這名字，怎也兜不合他的形象（該屬於那種雄壯威武的大型獵犬不是嗎）。他的品種雖然「嬌貴」，但卻曾差點餓死路邊。他的命名，與他的獨立個性和憂鬱神情，都與那段流浪狗的經歷有關。

二十多年前，我和當時的女友，惶惶然徘徊在大學將畢業、做什麼都不太帶勁的日子。念輔大的我們同住在台北盆地邊緣的一角——泰山鄉的山腳下。破舊公寓的樓下是老藥局、檳榔攤和自助餐。而對面明志國小的鐘聲和「訓導處報告……」以及小發財車穿梭經過的土窯雞叫賣，還有泰山戲院的二輪電影宣傳，一切老派的鄉鎮聲音，直到如今午夜夢迴彷彿仍能聽見。

在這般百無聊賴、乍暖還寒的某個初春週日傍晚，室友抱著一隻猛發著抖、瘦骨如柴的小白狗回來。

我永遠記得初見面時他的眼神，卻不知如何言詞形容，姑且就說是一種讓人不禁揪心鎖眉的奇妙憂鬱吧。之所以說「憂鬱」，因為那既非痛苦、也非害怕，而是某種更深邃的、我鮮少在動物面貌上發現的表情。

我們幫他洗澡、餵食。他才剛來竟然就會自己到廁所撒尿，教養奇佳。然而他「流浪」（或更精確說，是被遺忘或遺棄）的原因卻令人費解。當然，我們也開始構思命名。討論細節不太記得了，總之後來決定，既然是在泰山相遇，那就叫「泰山」吧。或許有點奇怪，但總比小白或洋名之類的，來得在地又有個性。

接下來，為他治好皮膚病、修剪了毛髮，這才發現，他還眞的是隻樣貌嬌貴的玩具貴賓犬啊。坦白說，我原本是對這類小巧可愛形象的寵物，沒有太多好感。

該說幸好泰山很酷嗎，不太黏人。有時他一整天都盤窩在自己抱枕，偶爾抬頭看看你，然後以前腳拉直屁股翹起的姿勢伸伸懶腰、起身去廁所噓噓，順便再晃到每個房間巡一巡（至於到底在巡什麼實在不理解）。此時的泰山，是優雅、成熟而獨立的大人。

不過他也愛玩愛撒嬌。有時會如貓般輕巧無聲地跳上沙發，用前爪、額頭、濕鼻子或小舌頭去鑽你的手，要你摸他。每週洗完澡梳好毛衝出浴室的瞬間，則是他最狂喜的一刻。眞的，說狂喜並不誇張。他會像手塚治虫筆下的小白獅王，自嗨地狂奔跳躍。這樣的泰山，是永遠長不大、單純的小孩。

我常揣想，從泰山眼裡看出來的世界是怎麼一回事？常常覺得他應該是幸福的：沒有籠子、沒有項圈、沒有規訓與懲戒，與我們既各自獨立又相互依賴，這是很單純美好的關係不是嗎。然而，他那深邃的眼睛與敏感的耳鼻，又彷彿清楚覺知著滄海桑田、人事已非。

泰山雖是隻小狗，但比起後來三十卻不立的我，成熟穩重太多。他身子很輕，但極有信賴重量地存在著。他像是我青春記憶的永恆延續，無言提示著我不該迴避的人生課題，那些關於自我的斷裂、與對重要他人（無意卻眞確）的傷害。

他是一面清朗的鏡子，照見我身而爲人如此失格，如此卑鄙，如此歉咎。

我和初戀女友交往十二年分手後，泰山與她同住，繼續一如往昔的陪伴。這隻小小狗，早已不只是寵物、好友或家人，更是我們即使別離、也未曾輕易分割出去的一部分。就像昆德拉在《生命中不能承受之輕》所說：「一條跛腿的狗代表了他們生命中的十年。」

回溯剛進大學之初，我完全無法預知，自己接下來會有如此雲霄飛車般的人生樣態，當然更不曾有過「一隻狗與自己生命（記憶）深刻連帶」的想法。只是當時，我讀完《生命中不能承受之輕》，最後描述托馬斯和特麗莎將他們罹患癌症的小狗卡列寧施以安樂死的過程，從此就像在我體內注入了一種——不是悲劇性的哀傷——是無以名狀卻更深沉空虛的失落。

以為只是少年多愁善感罷了的閱讀感受，竟然在許多年後，因為狗兒的出現、關係的變化、自我的重整，通通都串接了起來。如此虛中有實，淚裡帶笑，真不知該說是上天給我的試煉，或者禮物。

泰山在十年前的春日此刻離世了，我和久別重逢的前女友，一起帶著他的骨灰，回到青春記憶裡的泰山。在風和日麗的一片竹林中，埋葬了他。如今，一個又一個十年過去了，時間留不住，年華已老去，但曾與他們共度的時光，卻如泰山蹦跳的身影，總仍在生命角落間來回閃現。

村上春樹在《失落的彈珠遊戲》中曾問到：「你相信這世上有沒有永遠不會消逝的東西？」坦白說，我活得愈老愈覺得這是個狡猾的壞問題。反而是特麗莎在埋葬狗兒後所感受到的，比較眞切——那是一種「奇異的快樂和同樣奇異的悲涼」。

不管你相不相信，消逝歸消逝，永恆歸永恆，它們是同一枚硬幣的兩面。

這張沒有清楚露臉的照片，來自我珍藏的香港《號外》雜誌一九九○年九月號。他是張國榮，這也是他最後一次接受媒體專訪。

四月一日愚人節，其實是米蘭昆德拉的生日，張國榮的忌日。他們都是無數人生謊言裡的一句真話。真到令人不可思議。

謝謝他們，讓我羞愧著領悟，一些自愚娛人好好活下去的理由。

我的席丹、她的卡西拉斯，還有你的誰？

我有位剛畢業的助理，生於一九九四年，曾是個足球迷。這得回溯到她念高一、二〇一〇年的世界盃。當時她迷上了西班牙的門將兼隊長卡西拉斯（I. Casillas），這位傳奇人物不僅帶領西國奪冠，也是當屆金手套獎得主。「但其實他不是眞的很帥，以至於同學們都覺得我很怪。」——那時她的同儕，追逐的是小賈斯汀（J. Bieber）或女神卡卡（Lady Gaga）。

愛屋及烏，她對卡西拉斯的迷戀，很自然地延伸到皇家馬德里隊。就這麼一路看著他締造紀錄，也讓他陪著自己考上大學。殘念的是，偶像竟彷彿有賞味期限魔咒般地，在二〇一四年的巴西世界盃表現失常，導致西班牙第一輪就被淘汰出局。隔年，卡西拉斯黯然宣布離開皇馬。

我的助理說，從那之後，難過的她就不再緊追皇馬的比賽了。我問她，即使從二〇一六年開始由席丹（Z. Zidane）擔任總教練，也沒能讓妳重燃熱血嗎？

她笑著說：「雖然我有從皇馬的一些歷史影片，看過席丹很神的進球，但畢竟時代久遠缺乏實際感動。當然，他後來帶領皇馬奪得冠軍，超強，大家都知道了。」

不過，她不知道的是，這位和他老師同年紀的神級教頭，當年其實給了我一樣偉大曼妙的足球美夢、與戛然而止的巨大失落，正如她與她的卡西拉斯。的確是有點代溝啊——很巧就在我這位助理誕生的一九九四年，當時二十二歲、新婚不久的席丹，首次被選入國家隊。歐洲盃預賽前夕、一場對捷克的友誼賽裡，沒在先發名單的他坐了六十二分鐘冷板凳，才等到機會遞補進場。當時法國隊以零比二落後，還籠罩在剛失去世界盃參賽資格的烏雲裡。

席丹害羞進場，連腳步都還放不太開。在這種低迷氣氛中，誰會對菜鳥有所期待。但他卻跌破眾人眼鏡——首先在二十五公尺外遠射破網，接著又以他自稱最不擅長的頭槌建功。不到三十分鐘，徹底擊潰捷克銅牆鐵壁般的門衛。即使終場平手作收，但法國人仍歡聲雷動。

就像義大利導演帕索里尼（P. Pasolini）曾形容：「每個得分球都是一種發明

……一種錯愕、無可逆轉、電擊、無法抗拒的氛圍。」席丹一記意外頭槌，穿過了捷克的防線，頂進了法國的歷史。由此書寫下超級球星的誕生，也是二十世紀末藍衫軍神話（法國在一九九八年世界盃與二〇〇〇年歐洲盃連續奪冠）的源頭。

那是我大學剛畢業、年紀也與我現在助理相近的時候，席丹開啟了我愛上足球的大門。站在世紀之交，他不僅榮耀、團結了跨種族的新法國人，能把球踢得如此充滿詩意和韻律，也感染著無數地球村民。

二〇〇六年世界盃，已是三個孩子的爸、三十四歲慶生剛過的席丹，率領法國隊在舉世看衰的壞局裡，一路挺進決賽與義大利爭冠。全球十億觀眾，爭睹席丹會不會重演一九九八年的帽子戲法（畢竟他曾獨進兩球氣走巴西）。很可惜，即使他的運傳球依然美妙，始終欠缺臨門一腳之運。而怎也沒想到，比賽進入延長的第一百零九分鐘時，席丹突然轉身回首，用力將義大利後衛馬特拉齊（M. Materazzi）頭槌倒地。全場錯愕譁然，裁判舉起紅牌。

席丹的英雄大戲倏地落幕。他向裁判解釋無效的懊惱表情、抱頭出場時經過雷米金杯前的低頭無語，全都透過攝影機特寫，狠狠打進我那一整個世代的記憶深處。當時沒有人知道，在席丹與馬特拉齊錯身而過的短短幾秒鐘，到底發生了什麼，讓他失控至此，讓法國隊潰敗。

後來我們都知道，馬特拉齊的確說了污辱席丹家人的髒話，讓EQ向來很好的席丹，即便在迎向個人與國家無上光榮的前刻、在那個按照常理都會隱忍求全的當下，他還是義無反顧地衝動而上。

無論如何，億萬個粉絲如我，仍感到無盡惋惜、壓倒性的失落感。畢竟在這個難有信仰、認同虛浮的後現代，所謂大眾偶像的賞味期限早已愈來愈短，除了好萊塢電影的虛構，眞實世界裡具有超凡魅力（charisma）的英雄屈指可數。

如今，看著意氣風發、以金牌教練之姿重返世界頂端的席丹，我都還是會閃憶起他二十二歲初次頭槌建功（也是我二十二歲一頭栽進足球世界）的青澀瞬間；然後跳接到：渴望再度奪下雷米金杯、卻只能落下永恆遺憾之淚的、三十四歲的面容。

儘管如此，席丹多次表示抱歉但並不後悔。他的確有權選擇，僅只作爲一個用最簡單方式捍衛家族尊嚴的人，而不用背起國族榮耀的十字架。年紀愈長的我，愈能明瞭席丹的不完美，其實是完美地爲他自己所書寫的傳奇故事，留下一個反高潮、但卻眞誠動人的句點。

在二〇一八年法國隊二度奪下世界冠軍之後，我像個老人般地憶述這段往事，無論是我的席丹、助理的卡西拉斯、還是億萬人的貝克漢（D. Beckham）或其他球星，他們所代表的某個時代，確實都已如風地用力吹過而消散了。如果可以，我會建議每一位看到此文的讀者，跟我一樣寫下你曾經華麗又感傷的足球人生記憶吧，然後輕放身旁，想像並期待下一個傳奇的誕生。

世界盃的情熱番外篇

我有一位移居倫敦、從事設計工作的日本朋友洋子，在二〇一八年的初夏和她的英國女伴結婚了。世足賽舉辦時她們決定前往莫斯科，看球兼度蜜月。我想起她之所以離開東京落腳他鄉，其實也跟世界盃有關，不過那已經是十六年前的事了。

二〇〇二年初夏，日本正陷入與韓國合辦世界盃的舉國歡騰，但洋子卻處於失戀煩悶狀態，據說是前男友迷上了六本木某夜店的烏克蘭金髮舞者。洋子和我雖算熟識，但始終沒有發展出「友達以上，戀人未滿」的曖昧情愫。我當時就覺得，異性戀世界裡也的確有微風與樹葉般的男女關係，自然親近卻沒有化學反應。

同一時間我人在劍橋，和宿舍隔壁房的馬修，幾乎差不多時間一起通過了博士候選人資格考。從沒去過亞洲的他突然被媒體世足熱感染，想買張機票飛去日本看球賽。那陣子，他突然好奇寶寶似地問一些蠢問題，像是「日本人爲何要吃生魚片」或「韓國天氣是否很熱」之類的。

馬修拜託我，幫他在東京北方的埼玉（英國首場出賽處）找個民宿。於是，我聯絡詢問了洋子，並隨手傳了張馬修照片給她。沒想到情傷中的洋子似乎開始另有想像，畢竟當時仍傾向喜歡男生的她，也是個醉心英國文學、嚮往體貼紳士的外語大畢業生。

我其實是有點擔心的，馬修這傢伙我瞭解：就算有著一頭柔順金髮、深情碧眼，但異男沙文主義的惡習他一樣也不少。更何況，他對東亞的誤解甚或無知程度，每每都讓我得深吸一口氣才不至於飆出髒話。

馬修因日韓世界盃將至的「突發性東亞熱」，當然改不了他的歐洲中心主義。比如他竟然還在用「遠東」（Far East）這種帝國視角的字眼，而被我笑嗆：「你才遠西（Far West）咧」（套用現在流行語，我好像可以補一句：你全家都遠西吧）。

不過洋子倒是很爽快地便答應幫馬修安排住處。接下來的半個月，馬修沒再跑來煩我續問關於日本或韓國的什麼，倒是經常坐在交誼廳的電腦前讀寫電郵。後來我才發現，原來洋子和馬修飛快展開一天十幾封頻密的通信情緣。

有天我忍不住問馬修是否對洋子有認真的好感，這豬頭老兄竟回答：「還不錯，反正沒交過東方女孩，應該別有趣味，可以試試。」我氣得白眼翻到了頭頂，掙扎著要不要破我個人之例介入別人私事，去跟洋子說清楚馬修的心態。

不料當晚，大概是我對馬修的詛咒起了效果，他原本打算押一筆錢、賭一把看起來穩贏的球賽以湊足旅費，結果跌破眼鏡、槓了大龜。偷雞不著蝕把米，這下馬修竟連付機票的錢都不夠。當然，正在莫名氣頭上的我是不會借他錢的。

於是隔天，他取消了飛日本的行程，鬱卒地決定世界盃就窩在宿舍裡跟大家一起看吧。然而更戲劇化的是，世足開踢前幾天，我竟然收到洋子的訊息，說「自己把畢業後工作幾年的存款都換成英鎊了，咱們倫敦見囉」。在全世界都想飛去「遠東」看球賽的時節，她卻奔赴「遠西」。理由只是，她想見馬修。

想起這段記憶猶新的往事，我挖出了自己在那刻寫於 PChome 個人新聞台上的幾句心情，明顯是哭笑不得的無言啊：「原來，當愛情渴望乘以西方想像，力量可以大到讓一個很聰明獨立的女人，不顧一切想遠渡重洋，來證驗她對『遠西』男人的莫名期待。不過，我更相信，洋子很快就會發現這一切的。」

洋子來到英國後，開心和馬修一起看球也四處遊歷。那年世界盃的日本和英格蘭戰績都很不錯——日本初次晉級十六強；而英格蘭則一路挺進前八強，直到半準決賽才被巴西幹掉。短短不到一個月，足球熱潮不僅激化國族認同，也催化了跨國戀情。我清楚見證這一切。

故事後來的發展繼續老套卻也曲折，我也見證了自己的預言。馬修這傢伙，熱戀新鮮的賞味期一過，果然種族優越和沙文傲慢的尾巴便露了出來。聰慧果斷的洋子亦無懸念地結束了這段戀情，但卻因此找到了自己在英國獨立發展職涯的機會。

她從實習打工做起，然後在設計學院半工半讀，就這麼一路走下來，同時也相遇了如今結為連理的女設計師。

轉眼我回台後也有十多年未見洋子了，重新聯繫上，她說沒有交惡但也沒有聯絡的馬修，後來去了中國工作吃香喝辣，而我們也自然聊憶起這段有點莫名其妙的世界盃番外篇。我說「只能在遠東遙遙獻上祝福了」，洋子在遠西哈哈大笑。

盛夏，我收到了洋子從莫斯科寄給我的明信片。她和伴侶看起來開心極了！不只日本晉級到淘汰賽，英格蘭更是踢進了前四強。沒錯，比起十六年前她和馬修一起度過的那屆，戰績又更上層樓！眞是個永浴愛河的好兆頭。

CAREY LONDON
CAREY LONDON
IF I HAD MY LIFE TO LIVE AGAIN I'D FIND YOU SOONER

RIDING IS

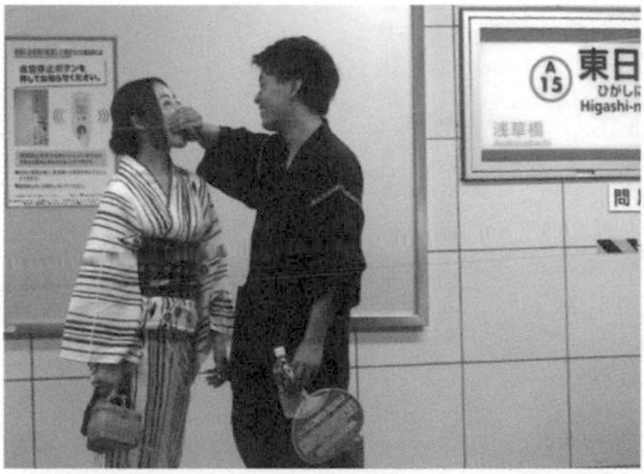
東日
浅草橋

いつかこの恋を
思い出して
きっと泣いてし
1月18日(月) 夜9時スタート

Chasing Cars

「If I lay here, if I just……」

聯結車從一旁呼嘯而過，完全沒減速。我偷放的歌曲瞬間被消音。

「……would you lie with me, and just forget the world?」車遠去，歌聲才又如含羞草慢慢張開。站在小小的人工收費亭裡，我忍不住跟著哼這最後一句。

「等登等登……」一秒、兩秒，吉他準備收尾（單調，卻溫柔撫慰），四秒、五秒，結束了。不過已設定好，自動重播。開頭其實也是相同的撥絃，一直重複播放，就變成了一條首尾相連的迴路。一次又一次，無止盡的 chasing cars。

凌晨四點半，高速公路車流最少。從中南部載運各種農產品的貨車，已經到台北的早市了。照慣例他也該在半小時前出現，爲什麼還不見蹤影。再等下去，天都要亮，而我最後一天上班的時間也快過去。

一輛貨車朝我的收費亭駛來。車燈沒閃，不是他。機械式的反射動作，我在五秒內完成：收錢、驗鈔、找零、給回數票。

開始勸自己別抱希望。或許沒出現也好，當面被拒絕尷尬死了。這樣想，還是忍不住再演練一次快速轉身調節喇叭音量的動作；以免他的貨車突然到達卻來不及把這首歌大聲放出來，跟他說：今天我要離職了，很想跟你繼續作朋友，這是我的聯絡電話。

「I don't quite know, how to say, how I feel……」

我並非自願離職，其實是被解雇。政策決定改用ETC自動收費，很快就將全面撤除人工收費。月初上司約談，當他說出「大材小

用」四字，我就瞭解了。他們要先從有大專學歷、薪水較高的約聘工開始「勸退」。

起薪三萬四，在這不景氣年頭對新鮮人來說很不錯了。雖然高速公路收費員是拿不出名片的工作，沒有人會把它寫在臉書的職業欄或開同學會時昭告大家，但反正我本來便不擅社交，也就沒差。對爸媽來說，住台東的日子窮慣了，兒子能在公家機關上班，有穩定收入他們就放心滿足。

認識我的人大概覺得我是怪咖。房東每次收租都要勸我，「做收費員沒前途，男人要成家立業，選工作要想遠一點」。我傻笑以對。同事也問過，爲什麼我總是自願輪大夜班，這樣作息和一般人顛倒不會沒朋友嗎？

是啊，會沒朋友，不過並非這份工作的關係，從以前就這樣了。大夜班反而適合我。早班的車流噪音太大，廢氣嚴重，我實在受不了；每次下班回家，卡在臉上毛細孔的灰塵好像怎麼洗都清不掉。

有一次我竟然因此對著鏡子哭了，眞不爭氣。

所以半夜值班也好，車少安靜許多，空氣也較清爽。以前在同志酒吧打工總是一整晚站著，現在反而不太會覺得小腿腫脹痠痛。

或許眞正難熬的，始終是那些悄悄鑽進身體深處，平常好像已看不見摸不到的記憶。

「Those three words, are said too much. They're not enough......」我跟著唱，雖然按規定連音樂都不能放。這首四分半鐘的歌又轉了好幾輪，此刻回到中間，醞釀後段的情緒迸出。

說穿了，站在如此寂寥的這裡，就是不想再浸淫或製造任何與夜有關的記憶。曾經難堪的漫漫長夜，在如今每次短短五秒、絕對疏離的陌生互動中，漸漸被覆蓋。

如房東所說，這工作沒未來。但或許，沒有未來感的工作就適合沒有未來感的人。

直到半個月前遇見他。

他看起來大概三十幾歲，每天幫家裡載新鮮採收的有機蔬果上台北，好像還很喜歡〈Chasing Cars〉這首歌。而這就是我所知關於他的全部了。

如果那晚他的錢包沒有掉在加油站，如果他的回數票還沒用光，如果不是因此他必須暫停在我的收費亭邊，如果交警立刻就來開罰單，如果我沒想到可以先幫他代墊解圍，如果當時他的車上並未大聲放著這首歌……如果缺少任何一個如果，邂逅絕對不會發生在這根本不算個地方的地方；或是發生在像機器人的我身上。

隔夜凌晨四點，他又開著貨車前來。他刻意讓一旁的卡車先過，才慢慢駛進收費車道。搖下車窗，同一首我不知道是什麼的歌依然大聲放送。他不只遞了張回數票還送上一袋水果，拉大嗓門豪氣地說，昨天謝謝你啦，錢放在袋子裡不用找了。

往後每天這時，他就會出現。短短五秒，除了回數票，我還會收到偷渡的新鮮水果，以及同一首以前不曾聽過的搖滾歌曲。

我開始拼湊每個五秒流洩而去的陌生旋律，雖然英文爛，但我覺得這首歌很美，哀傷卻擁有力量。

「Let's waste time, chasing cars, around our heads……」已經不知重複多少次了。

過五點天色漸亮，他還是沒有出現。我既絕望，又擔心。

盛夏清晨，高速公路的風仍有涼意。我苦笑想著，此刻的自己，肯定是史上唯一不想快下班的收費員。果然是沒人愛的怪咖，哈。

車漸漸多了起來，聯結車、大卡車、砂石車、載貨車……一輛接一輛地暫停在我面前。例行的五秒鐘，毫無意義的互動，然後朝我的遠方疾駛而去。

我突然想起前天剛走的一位年長女同事，她的右手臂關節因長時間舉著而嚴重發炎。本以爲可以請假一週去動手術，沒想到就被要求直接離職了。

車流噪音變得越來越大，而我越想越生氣難過。索性轉身把音量調大。管他的。

莫非這成了一種神奇召喚，突然我發現他來了，頭燈閃了兩下的貨車就在前方。

在風聲、車聲與歌聲中，他喊著：「我昨天打電話去你們單位問你名字，結果他們說你今天最後一次上班。我嚇一跳，剛剛特地跑上山摘最好的梨子要給你……」

後面砂石車很兇地按喇叭打斷了他的話。但沒關係，我已了解。開心的眼淚悄悄沿著鼻樑滑進了口罩裡。

「If I lay here, if I just lay here

Would you lie with me, and just forget the world」

歌聲終於蓋過了一切。

「謝謝你，這是我的電話。我們保持聯絡！」

關於〈Chasing Cars〉

據說此曲大受歡迎，不是因爲這個蘇格蘭樂團紅，而是因爲它被拿來當美國影集《實習醫生》（*Grey's Anatomy*）催淚的片尾曲。這是二〇〇六的事，當時他們已經成團十二年了。最初他們並非「雪警」，而是叫「北極熊」；團名雖可愛，但發了好幾張片卻乏人問津。〈Chasing Cars〉是首旋律與歌詞都很直白易懂的抒情搖滾，收錄在銷售叫座且樂評叫好的《*Eyes Open*》專輯裡。

Happy Xmas

當初選擇來此，理由很簡單：除了工作難尋（畢業後求職至今已超過半年），這裡的薪水也比一般文科就業新鮮人稍多一些，有助於早日償還助學貸款，同時也存點錢準備出國留學。然而才上班半個多月她就有些後悔。不是因爲通宵值班的關係，夜貓子的她無需咖啡即可撐過整晚；也不是什麼麻煩的辦公室人際問題，這工作並沒有太多同事互動。

她原本以爲，深夜的信用卡電話客服大概不會有應接不暇的狀況，說不定還有很多空檔能背托福單字。沒想到實際進入工作現場，時間竟緊迫到連上個廁所都無法放鬆。大夜班的客服人力配置已少得可憐，偏偏這時來電的數量竟多得驚人。

光是「遺失信用卡」這個服務項目，就有各種意料外的狀況：比如女士打來哭訴丟失副卡被先生怒罵，想問家庭主婦要如何申請屬於自己的正卡；也有投機分子謊報遺失，企圖賴賬給不知名也不存在的撿獲者。有時她覺得自己不只是客服，可能還是社工，或者偵探。

雖然EQ不錯，也謹慎依循標準處理流程與制式應對技巧，但終究難以招架這許多令人不知如何是好的來電詢問。

今晚是耶誕夜，她只希望能多些空閒時間。

凌晨三點，有位先生打來，以極度慌張的懇求語氣，請她幫忙刪除前晚在餐廳和旅館的消費紀錄。他說明不是要賴帳，刷卡總額也會全數照繳，只是這些明細不能被太太看到。電話這頭的她雖眞想罵人，但依舊委婉說明「銀行無法選擇性地列印帳單內容」。

接著是位少女，聽起來與她差不多年紀：「我正在紐約第五大道的Tiffany結帳，卡刷到第三筆竟然出問題，怎會這樣？」如此討人厭的誇富，她也耐著性子輕聲說「請稍候，立刻爲您……」但電話那頭卻等不及：「妳搞不清楚狀況，我的卡沒有額度上限！現在就把這問題處理好，否則明天我直接找你們總經理！」

她強壓自尊，客服應有的謙卑聲調從麥克風傳送出去：「很抱歉，我們會立即將您遇到的問題呈報處理……」她開始放空。嘴巴繼續唸著，情緒卻漸漸抽離。必須保護自己。掛上電話，疲憊感如卡車撞來。才凌晨三點半，離下班還早，度分如年。

伸展一下肢體，看看左右鄰座的同事，全都戴著耳機，頻率相同地吐出類似字眼，應答著多半類似卻可能大不相同的問題。他們有各自的客服代號和英文名字，除此之外她根本不認識眞實生活裡的他們。而電話那端，深夜不眠的人們，有著無助的好人、悲哀的爛人、可惡的壞人……

電話又進來了。嘆口氣，深呼吸，接上線。「晚安您好……」她聽不見自己彬彬有禮的語彙，只感覺繼續像隻水母般地，無意識漂流浮動。

但奇怪，過了十秒，她也聽不見對方說話（但仍在線），螢幕顯示言人的基本資料，是個年輕男子。莫非是同事們傳說中的怪咖，會發出呵呵呼呼聲的「痴漢」？她心想夠了，再也壓抑不住情緒：

「先生您有什麼需要服務的嗎？如果您這是騷擾電話，我們會錄音報警處理。」

「對不起……我只是想請問……嗯不好意思……請問一下如果要停用信用卡……唔……我是說……以後都不用這張卡了……嗯，對……請問該怎麼申請？」電話那頭總算支支吾吾地說明來電用意。

她回過神，應有的職業素養將她拉回常軌的禮貌應對。

她開始說明停卡流程以及注意事項；有時插入簡短詢問，年輕男子也都正常回應，並且不斷道謝，她終於確定對方並非痴漢，只是有點木訥或過度靦腆。按公司規定，她必須盡可能問清楚他打算停卡的理由。

「說來好像有點複雜……喔不好意思……我可以先去喝杯水嗎？」男子突然這麼請求，雖說有點奇怪（這客服專線可不是免費電話），但她只能禮貌說好。

話筒就這麼擱著，她靜靜等著。本想隨手翻翻托福單字，卻聽到電話那端傳來搖滾樂聲。好像很久前聽過，但又說不出名字。不管了，反正是個意外降臨的中場休息時間。

可惜他眞的只是離開喝杯水（而不是洗個澡之類），不到一分鐘就回到線上。不知爲何地她竟然有種聆聽故事的期待感。話說回來，自從畢業以後，她還眞是很久未曾與朋友聊天了唉。

「喂，不好意思……關於剛剛妳問我停卡的原因，嗯……是這樣的……」男子溫吞地開始說著，在音量恰好的背景歌曲裡，彷彿化身深夜電台DJ。

原來卡片是他與前女友開始同居生活時辦的，這五年來他保留了每月刷卡的明細，裡頭記錄著兩人世界點點滴滴：一起在何處吃飯、旅行？平常上超市採購些什麼，節日又爲彼此挑選哪份禮物？

正因如此他猶豫好久，還要不要留著這張記憶已逝戀情的信用卡？

她靜靜聽著，心緒悄悄起伏。她突然想到背景正在播放的就是約翰藍儂，曾經跟著某人一起常聽，如今卻也逐漸淡忘。

「小姐，不好意思……我好像說太多了，嗯……謝謝妳……可能我只是需要，嗯……找人聊聊……耽誤你時間很抱歉……」

「你有〈Happy Xmas〉嗎？我是說，也是藍儂唱的那首。」她突然問他。

坐在最右側的夜班組長抬起頭，一臉狐疑地望向她。

「不好意思原來我音樂放太大聲了。有，有，好像在這張專輯後面，請等我一下。」男子起身尋找。

她留意到盯著她看的組長。

「謝謝您的來電，我是客服代號 702 的 Emily，如果還有什麼需要服務的，歡迎再度來電。」電話掛上，嘟，嘟，嘟。

他空蕩的房裡，響起藍儂一九七〇年代的歌聲。她遠遠地，暖暖地在內心唱和。

「So this is Christmas and
what have you done
Another year over
A new one just begun
……
A very Merry Christmas and
a happy New Year
Let's hope it's a good one without any fears」

關於〈Happy Xmas〉

約翰藍儂和小野洋子在一九七一年合寫了這首歌，搭配當時「War Is Over! If You Want It」的口號，成爲人們心中「反戰」的經典象徵。其實，裸身躺床舒服抗議的藍儂與洋子，能反抗的或許不是眞實血肉槍砲的戰爭，而是人們無法相信彼此並拒絕溝通的鬥爭。這首旋律芭樂的大眾金曲，於是提示了和解與寬恕的可能。

我記

暢快的戰鬥，一九六八！

「到了今天，我仍無法忘記在高中時代傷害過我的老師。除了極少數的老師之外，他們都想要從我這裡奪走非常重要的東西。他們象徵著『無聊』，持續從事將人類變成家畜的工作而不覺得厭煩。那種狀況至今依然沒有改變，可能還變本加厲了……個人以為，唯一的報復方式就是，活得比他們快樂……這是一場戰鬥。如今我依然繼續進行這場戰鬥……」

——村上龍《69》，後記

一九六八年，日本泡沫經濟來到高峰，到處充滿投機的金錢遊戲與貪婪的消費主義。當時三十五歲的村上龍，沒有延續前作黝黯沉鬱的風格——兩本獲得大獎的小說《接近無限透明的藍》與《寄物櫃裡的嬰孩》，新作《69》完全明亮輕快：「我是在『未來可能不會再寫出如此愉快的小說了吧』的心情下完成了這本書。」

自傳式的眞實故事場景在長崎縣佐世保一所高中，時間是一九六九年春夏之交、村上龍的十七歲。幾個高中生突發奇想地短暫佔領校園，這樣有點「胡鬧模仿」的事件在當時並沒有人特別在意。畢竟，光是東京在那年就有五十多所大學被學生封鎖，政府甚至派出機動部隊血腥鎮壓，才強制解除了東大近乎革命的佔奪情勢。

但也因此特別有意思。原來所謂的「六八效應」，已不僅一路從歐美擴散至日本，從校園學運延伸到罷工浪潮，從政治對抗發酵到文化反叛，即便連無人知曉、偏遠小鎮的中學少年，也能看著報導、感同身受，呼應著韓波詩句「生活在他方」，進而快樂地與周遭僞善的人事物戰鬥起來。

即使作爲革命啟動器之一的法國五月風暴（Mai 68），終究無法「成功」，但那句閃閃發亮的口號：「讓想像力掌權」（L'imagination au pouvoir!），卻仍飄洋渡海、自由紛飛地，降落在各地年輕人百無聊賴的日常裡。並且，用各種方式發芽。

史學大師霍布斯邦曾歸納說：「一九六〇年代最驚人的革命現象，就是年輕族群的社會總動員。」而其中的高峰，就是一九六八年。小說《69》裡讓少年們每天幻想的嘉年華場景，是在美國當年八月中旬、持續三天多達四十萬人參與的烏茲塔克（Woodstock）音樂會。

這段時期，是全球唱片工業營收創新高的歷史階段。乍看之下，新馬克思主義對於「文化工業」如何麻醉人心的批判頗具說服力，但百花齊放的各類音樂，卻也開始在獲利同時，積極參與社會與政治領域的變革。彼時，很少人會說「音樂歸音樂，政治歸政治」之類的瞎話。一種在身體搖擺中想像不同人生、不同社會乃至不同世界的反叛基調，迴響在全球青年的生活角落。

比如四個捷克小伙子，在六八年八月蘇聯坦克壓境剿滅「布拉格之春」後的一個月，組成了名叫「宇宙塑膠人」的搖滾樂團。雖然沒有刻意吶喊政治口號，但他們的作品從此深遠影響著捷克的民主進程。

社會學家尹格（J. M. Yinger）在一九八一年出版的經典研究《反文化：一個世界翻天覆地的承諾與危險》（*Countercultures : the promise and peril of a world turned upside down*），清楚定位了六八年前後的青年反文化（counter-cultures），作爲社會緊張時期的大聲呼喊，其實是新世代面對既有文化在維繫其系統、神話與象徵等功能發生混亂甚至崩解時的出路尋求。它包含了觸犯既有社會秩序、或逾越文化規範的行爲，同時亦發展出一套新的論述、價值、信念與文化表現。

反文化所對抗的不會只有單一人事物，而是全面性的，包括國家政策、家庭型態、教育體制、媒體產製、性別分化、慾望規範、商品消費、科技塑造等等。新世代奮力想像著這世界「不是非如此不可、而是有其他可能」，大小戰鬥，於焉展開。

一九六八年因此成爲破壞性與創造性激越聚合的歷史轉折。

然而，對抗所激起的保守反作用力總是相當驚人可怕的。美國民權運動領袖金恩博士在六八年四月被暗殺，這可能是繼南美革命先驅切．格瓦拉（C. Guevara）在六七年十月被美國中情局所支助的玻利維亞軍隊槍決後，又一次對六〇世代巨大的信念打擊。

所幸，一九六八年在許多地方都形成了一個超越既定社會分類框架的「情感同盟」（emotional alliance）。這裡頭有年輕學生和少數族裔、失業或底層工人、異教徒與吉普賽人、迷幻藥物使用者、非主流性傾向或性認同者、反戰與戰場倖存者、缺乏「市場價值」的藝術工作者、幫派邊緣人或出獄受排擠者……「反文化」召喚連結了他們，並嘗試形成各種「抗爭的匯流」（convergence des luttes）。

抗爭匯流的最大示範，莫過於法國五月風暴。原本僅是學生佔領大學校園，卻在短短一週演變成一千萬人自主參與罷工的準革命局面。全法各地廠房都停工，國內外公共運輸停擺，郵件也不送了，加油站沒油可加。甚至，連當時正要揭幕的坎城影展，都在新浪潮旗手高達（J.-L. Godard）和楚浮（F. R. Truffaut）等名導的帶頭抗議聲浪中，被迫中止取消。

儘管後來，由於運動路線的內鬥分裂、與政團的權謀收編，這場五月革命並未成功，法國乍看又重回資本主義秩序。但從長遠的反文化滲透（融入成爲多元文化的新成分）、與「心態史」演進的角度來看，社會變遷還是相當程度地發生了。

六八年之後，法國知識分子持續熱絡辯論著世界改變的可能與不可能。勞工運動也從沒停歇、日益深化。法國的平均罷工日數在全球名列前茅，而大眾也普遍都有「即便我不同意，但我尊重你可罷工權利」的同理態度。如此社會共識所支撐起來的勞動權益保障體制，無疑是今日「法式悠閒生活」的核心基礎。

今年是一九六八的五十週年，很多相關的出版與活動在世界各地展開。然而歷史從來不是單純、客觀地被進行回憶或重述，很多時候更是一種關於記憶的建構。建構當然並非虛構，不是說它無中生有、顛倒是非，而是在回溯過程中，人們或多或少還是會選擇性地形成某種關於「那個年代」的特定意象。我所寫的這篇文章，肯定也有著如此偏斜。

畢竟我們多數人都沒有活過彼時彼地，而如萬花筒般的多重敘事，也難以被化約詮釋。或許只能透過各種閱讀、觀看和聆聽，拼圖般地兀自追索關於「一九六八」的繁複意義。無論如何的重點是：請從中感受，讓想像力掌權、持續暢快戰鬥的跨時代元氣。

面朝太平洋、大武山，繼續練習當個自由人

大概沒人料想得到，這天突然就降臨了。擠滿民生東路競選總部外的人們欣喜若狂，歡呼聲停不下來。剛贏得總統大選的陳水扁，終於上台，用他招牌的台灣國語，對國際媒體激動宣布：「這次總統選舉，不是台灣的驕傲，而是全球華人的驕傲……願上天保佑台灣，我們永遠的母親。」

我站在群眾的外圍，和父親一同，靜靜看著那幕，彼此都沒多說什麼。他插著口袋，故作鎮靜，但臉上表情早已洩漏激動的情緒。當台上帶領群眾大合唱起〈美麗島〉，硬漢如他，竟忍不住紅了眼眶。

「我們這裡有勇敢的人民　篳路藍縷　以啟山林
我們這裡有無窮的生命
水牛　稻米　香蕉　玉蘭花」

歌曲結束在響徹雲霄的鼓掌和汽笛聲中。他轉頭跟我說，你出國前要再回苗栗三義一趟，「阿公最近都沒有去田裡，身體不太好，沒力氣農作了」。

那是我研究所畢業後的第三年，先後在立法院和出版社工作了一陣子，總覺內心有些對社會也是對自己的困惑揮之不去，僥倖得到一筆獎學金後便決定去英國讀博士。看著陳水扁就這麼「突然推翻」了國民黨統治，我的心情其實複雜，在欣喜中帶著隱憂。

畢竟，我當時就是因爲對民進黨無法嘗試向左靠（變得更社會民主主義）一點感到無比沮喪，而想離開家鄉去一個遙遠陌生的國度重新學習，希望拉開點距離有助於檢視台灣的過去、想像未來的可能，同時也摸索自己的人生何去何從。

十六年後，二〇一六，民進黨重回失落八年的執政道路，蔡英文總統在就職典禮最後，又帶領全場高唱〈美麗島〉。

「我們搖籃的美麗島　是母親溫暖的懷抱

驕傲的祖先們正視著　正視著我們的腳步
他們一再重複的叮嚀　不要忘記　不要忘記……」

同樣的修辭：祖先、母親、寶島、人民。民進黨動員台灣國族情感的方向始終如一。但這次，年輕世代畢竟走得更前進了。原住民族青年陣線以〈美麗島〉歌詞諷刺就職典禮裡的漢族沙文主義：「從國民黨大中國史觀，到民進黨台灣人史觀，原住民族跟著你們『篳路藍縷』，我們就『顛沛流離』；你說這是美麗島，啟的都是我們的山林。」

沒想到後來一語成讖，民進黨執政不到一年，歌手巴奈、那布和原民電視台前台長馬躍比吼與族人，就被迫在凱道長期駐紮、餐風露宿抗議新政府所公布的部落土地劃設辦法，將導致原住民傳統領域、文化發展與生態環境受到傷害。

某次我去凱道支援『沒有人是局外人』的演講結束後，夜裡行經台大醫院，我突然用力想念起二〇一四年因腦瘤過世的父親。如此不忍不捨啊，一生關心政治的他，就帶著對民進黨執政八年不甚成功的失望、甚至對扁弊案纏身的悲憤、乃至對國民黨重掌政權八年倒行逆施的絕望，總之是充滿遺憾地離開這世界。

走在中山南路，這路上有太多的抗爭記憶——對「朝起朝落」的不同政府、也是對折騰父親多年的病魔。月色下我突然就哼起了胡德夫的歌，但不是〈美麗島〉，而是〈匆匆〉。

「人生本有盡　宇宙永無窮
匆匆　匆匆
種樹為後人乘涼　要學我們老祖宗
人生啊就像一條路　一會兒西一會兒東
匆匆　匆匆。」

我唱著這首年紀跟我差不多的歌，憶起父親，也憶起人生過去四十年的點點滴滴。如此悠長，卻似一瞬。我當然還不到寫回憶錄的年紀，但曾經叛逆、妥協或堅持的種種，卻像跑馬燈似地開始流轉。肯定是因爲胡德夫滄桑又溫柔的歌，突然從體內湧現了出來。

我出生在勞工階級家庭，父母都是新光紡織廠員工（後來才知道胡德夫最初也在紡織廠做事）。在一九八〇年代初期，爲了想給孩子更好的生活條件，家父和當時許多努力從「黑手」變成「頭家」的工人一樣，勇敢離開穩定職涯，向銀行貸款、跟朋友合資買了幾台機器、租了廠房，開始做起代工的小生意。而我的母親，一方面學當「老闆娘」，管人事、做會計、煮飯給工人吃；另方面，回到家裡還得接些按件計酬的外包工。那是國民黨政府推行「家庭即工廠」的年代，無數家戶都被動員起來，爲了多掙點錢而甘願自我剝削。比如母親每晚都在縫毛衣上的亮片，一個月卻賺不到兩千塊，諷刺的是，這些錢都成了我的補習費。他們期待孩子順利升學，家境未來就可能變好。

對這樣嚴重缺乏文化資本的家庭來說，無論是所謂的民歌運動、或者西洋暢銷金曲，其實都不曾留下太多深刻影響。畢竟家裡若有音樂，也不會是有能力主動選擇購買的，都是水龍頭般的收音機播放了什麼、我們就隨機聽些什麼。美麗島事件之後，羅大佑唱起了叛逆的搖滾，少年的我開始自學打開耳朵。電視裡出現了黨國控制以外的「第四台」，地下舞廳雨後春筍地出現……雖然離蔣經國過世和解除戒嚴還有一段時間，但空氣中確已逐漸瀰漫一股渴望民主和自由的氣味。

然而自由總是兩面刃，不可避免也帶來了市場的放任和脫序。炒作股市、房市的貪婪金錢遊戲，讓階級開始流動卻也造成貧富不均。爸爸因合夥人捲款脫逃，不僅小工廠倒閉更欠下大筆債務。城市正在起飛，但我的家庭卻墜入深淵。我的中學時期，就在流離失所、寄人籬下的困苦中度過。

於此同時的升學壓力，病態之程度令人不堪回首。在那個尚未有網路的世界裡，孤獨無法排遣、沒有出口。幸好，喜歡閱讀的我，終能在各種文學作品中找到慰藉，更開始似懂非懂地咀嚼起馬克思（K. Marx）、佛洛伊德（S. Freud）和沙特（J.-P. Sartre）等「叛逆」思想。

整個中學時期，大家都在孜孜不倦地準備考試，我卻任性地徜徉在各種「考試不會考」的大量自我學習。在升學主義的對面，我發現了自由主義、存在主義、浪漫主義、超現實主義、社會主義、共產主義……等各種西方「主義」的風景。從此我逃離了黨國教育的體制，心靈變得自由了，成績卻一落千丈。

我常翹課，躲在校刊社社辦裡、或在西門町街頭晃蕩。因爲我所讀的成功高中就在立法院旁，濟南路上經常會有抗議隊伍通過，我總是趴在窗邊，仔細觀察隊伍中的一舉一動，並希望自己也能加入。

一九八八年八月，雖然是暑假，同學們還是來到學校K書，我卻跑去「參與」（其實只是好奇地在一旁觀看）一場震撼而啟蒙的遊行——大約兩千多名原住民各族族人（當時大家都還叫他們山地同胞、甚至「番仔」），穿著傳統服飾走上街頭，高喊著「爲求生存，還我土地」。這是台灣戰後第一次原住民大規模集結的政治行動，也是我人生第一次，認眞開始思考族群關係與文化認同的起點。

我後來才知道，胡德夫先生就是發起這場行動的核心團體——台灣原住民族權利促進會（原權會）的創會會長。

「哎呀　大武山是美麗的媽媽
流呀　流傳著古老的傳說
你使我的眼睛更亮　心裡更勇敢
我們現在已經都回來　為了山谷裡的大合唱
我會回到這片山林　再也不走了」

胡德夫這首爲了拯救部落少女擺脫淪爲雛妓命運而寫的歌，不僅對我此生關注原運的啟發重大，我有一位日本好友，也是因而開始深入學習了解台灣原住民的傳統文化與生命態度。

一九九〇年，我勉強擠進私立大學，參與了野百合學運，那既是場巨大的夢，也是個成年儀式。我逐漸從一個總在幻想、而未來也想從事創作的文藝少年，轉化成一個關切社會問題、且相信激進革命路線的憤怒青年。

我離開了電影藝術研究社（感謝社長聞天祥對我這任性學弟的包容）與搖滾

音樂社，逼迫自己專注投入於「運動」。在台灣學運史的系譜中，我所屬的「全學聯」和台大的學運社團經常有衝突，但我總是對路線與策略爭議、或權力的奪取分配，興趣缺缺。我不喜歡永遠開不完似的冗長會議，更不喜歡猜忌同志和算計得失的感覺，於是我始終沒有成爲任何「幹部」或「決策核心」。

我一直都只是個無名的「衝組」罷了——經常站在前排和警察對峙，以至於難免受傷。某次，甚至爲了反核衝進國會議場撒冥紙而遭逮補。學運社團的前輩們似乎既喜歡我又討厭我——他們讚許我無役不與的熱情，但也對我不受拘束的態度感到頭疼。我經常被說，是個游擊隊型、又太過多愁善感的麻煩人物。

其實，在這些組織和運動中，我常感到疏離、不安和退縮，而且，沒什麼機會對人訴說這些心情（學運分子似乎得看起來「總是很堅強」的樣子），只能隱匿壓抑。那些年，我讀著歐威爾、昆德拉和卡繆，在關於革命失落感的描述中，感受某種被同理的溫暖，尋找一些「失望中的希望」。

多年後我看到胡德夫先生接受採訪時，也曾這麼回溯他當年放下音樂創作、全力投入社運的心情：「當時覺得非走這條路不可。如果僅僅是做一個知識分子，我想我可以背轉身去不看他們（弱勢原住民），但身為一個歌手就不行了。我不是一個謀略家，不是一個好的運動組織者，我只是一個山上的孩子，我只能用歌說話。」

必須不斷誠實地探問自己的興趣、個性、能力與想望。即使在美好理想驅動的集體運動中，個體該如何面對隱隱然的格格不入、找到適切於自身安身立命的實踐位置，顯然是每個世代行動者都一直在反思的問題。

九〇年代中期，我在清華大學就讀研究所期間，透過系統性的閱讀整理，重新檢視了過往運動經驗中的美麗與哀愁。我寫了一個分析台灣退休制度不公與年金改革方向的論文（這問題竟然一直等到二十年後才得以被面對處理），且竟僥倖獲得台灣社會學會的優秀碩士論文獎。但有點諷刺的是，當所有老師都期待我繼續在社會福利與社會運動的研究領域深造，我卻像逃兵一樣地閃躲跑走。

一方面，寫完論文，其實非常不安，民進黨似乎有太多的自我設限、太少的理想實踐，它被框架在台灣民族主義和新自由主義裡，而難以眞正發展成一個追求分配正義的綠色左派政黨。另方面，我日漸發現也相信，一個社會的文化底蘊與心理素質，可能比政經力量更有深層影響。這個信念，在我接連前往英國和日本旅居學習後，更加堅定。於是，我想做點不那麼「政治正確」的新研究。

「最早的一件衣裳　最早的一片呼喚
最早的一個故鄉　最早的一件往事
是太平洋的風徐徐吹來　吹過所有的全部
裸裎赤子　呱呱落地的披風
絲絲若息　油油然的生機
吹過了多少人的臉頰　才吹上了我的
太平洋的風一直在吹」

二〇〇六年，胡德夫作詞作曲的這首〈太平洋的風〉，在金曲獎中獲得「最佳年度歌曲」和「最佳作詞人獎」。同一時間，台灣政局正陷入巨大的風暴，陳水扁總統家族與親信被質疑涉入多項弊案。我剛回台任教，看著父親的眉頭日益深鎖，對民進黨的信任支持日益動搖，心中經常浮現某種荒謬無語的蒼涼感。

或許在二〇〇〇年我們一起歡呼台灣民主勝利時，其實只不過是得到一種「刷卡預付」的幻象——或許我們根本還沒有準備充足的（文化）存款，卻預先刷卡買下了華麗的「民主」果實。結果，等到開始要分期付款，才發現捉襟見肘，最後只能落得退回這個果實，夢想幻滅。

當二〇〇八年國民黨復辟執政，且以貪污罪名嚴厲清算陳水扁及其官員時，爸爸剛被診斷得了腦瘤，並進行第一次切除手術。這兩個完全意外的嚴重打擊，讓他再也快樂不起來。每天每夜，父親在病榻上看著電視新聞，無盡的苦悶與憂慮，是如何的溢於言表。那甚至比起我童年記憶中，他面對美麗島事件時的衝擊、或自己生意的失敗，都還要陰鬱失落、更令人不忍。

同年，中國的海協會會長陳雲林訪台，馬英九政府爲了逢迎而強力壓制台灣人民的意見表達（甚至連公開展示國旗都被粗暴沒收），身爲大學教師的我爲了抗議這一連串人權嚴重倒退的事件，與學生一起發起和平靜坐，並由此開啟超過一個月的「野草莓學運」。後來我被以違反集會遊行法的首謀罪嫌起訴，直到二〇一四年佔領國會（媒體稱「太陽花」）運動之後，我才被宣判無罪，同時大法官釋憲亦宣告集遊法違憲。只是很遺憾地，父親再也來不及見到這遲來的正義。

爸爸過世後的那個冬天，胡德夫出了最新專輯《芬芳的山谷》，六十四歲的他依然熱情卻深刻低迴地，唱出了對他母親的思念、對大地家園的依戀。我很喜歡專輯裡他爲李敏勇老師詩作〈記憶〉譜曲和演唱的歌：

「在每個人的腦海裡　存在著地平線
未被污染的原野　盤旋在其上的雀鳥
雲在樹林間緩慢走動　放映藍天的故事
遠方旅人的信息寄託飄飛的落葉　風奏鳴著季節的情景

在每個人的胸臆中　存在著水平線
未被污染的海洋　優游在其中的魚群
船舶在防波堤外航行而過　描繪著碧海的情節
遠洋遊子的信息　夾帶翻滾的浪花
雨合唱著歲月的足跡」

此刻，我感受到自己腦海裡的地平線和胸臆中的水平線，又再重新延展著。回顧這些歷史和人生點滴，其實不是懷舊想念，而是省思，也是警惕。感謝胡德夫先生吟唱出的所有歌曲，在我滿佈灰塵與霉味的庸碌生活裡，打開門窗，讓風流通，鳥鳴穿梭。就像他要遠赴南極，尋找音樂的極限可能，我也該有一種覺悟，面朝太平洋與大武山般的心情。

調整呼吸，百廢待舉，捲起袖子。每天都要繼續練習，當一個自由人。

我幾乎忘了，曾經很喜歡 Feelies 這不太有名的樂團。明明他們首張專輯，在一九八○年擊敗大衛鮑伊和 Joy Division，獲《村聲》（*Village Voice*）雜誌選為年度最佳之一。

我意外在房裡挖到這塊卡帶，應該是翰江出的「無授權」品（我不喜歡叫人家盜版）。那時還沒解嚴，家裡毫無文化資本的我，渾然不知何謂搖滾（我以為麥可傑克森和瑪丹娜已經夠酷了），跟同學借了他大學哥哥的一些錄音帶。從此，我迷上了歧路的風景。

我幾乎忘了，少年啓蒙 bittersweet 的滋味、迎向未知新世界的焦慮悸動。現在我得好好記起來，人生才能繼續，理直氣壯地走歪。

每一次的旅行，至少都要有一個深夜回憶起來，會好想好想立刻在那邊來一杯的隱密音樂酒吧。

「六○年代末的東京啊，到處都在示威遊行，新宿經常像戰場。那時十七歲的我，從鄉下買了單程車票來到這裡，以為世界就快革命啦。沒想到，進不了大學的我連學運都無法參與，也就只能當個搬貨工人養活自己。」

「幸好靠著爵士樂和酒，人生才慢慢有了趣味。」

宮崎さん，I miss your cool bar and「台灣特調」。

在革命廢墟的瓦礫裡，尋找新芽

「在知道子彈正巧穿過脖子的那一瞬間，我覺得自己這下肯定完蛋了。我從來沒聽過任何人或動物被子彈從喉嚨正中穿透還能活下來的。血沿著嘴角滴下來……眼前的一切都模糊不清。」

一九三七年五月某日破曉時分，在西班牙韋斯卡戰區的壕溝內，一名哨兵於換班交接時中彈，他叫艾力克·布萊爾（E. A. Blair），是英國兩千多名自願前來參與這場反法西斯戰役的其中一位。當時他才新婚週年，且剛出版一部關於北英格蘭礦工貧困生活的深度報導，開始受到英國評論界的注目。喬治·歐威爾是他的筆名，也是他於一九三〇年前後，在巴黎、倫敦自我放逐、流浪街頭時所用的假名。

在《向加泰隆尼亞致敬》（*Homage to Catalonia*）的倒數第二章裡，歐威爾詳實記錄了自己差點喪命的經過與心情。儘管寫來一派輕鬆（一開始他竟然說中彈的過程「十分有趣」），顯然是他一貫的黑色詼諧筆調，但讀來還是令人驚心動魄，捏把冷汗。子彈的確射穿了他的喉嚨，但就差那麼幾釐米，幸好避開了頸椎和動脈，否則世人就無緣得見日後那座「動物農莊」的荒謬寓言（也是預言）。

然而，這場捍衛西班牙社會主義民主政權的戰役，眞正讓歐威爾感到極大挫敗的，並非自己在鬼門關前走那一遭，或最終仍讓佛朗哥法西斯叛軍得勝，而是來自左派陣營裡的同志鬩牆，及其卑劣而殘酷的內鬥手段。從歐威爾的紀實書寫中，一開始我們看到初抵西班牙的他，是如此讚頌左翼志願民兵組織中的平等共享，其堅定的社會主義信念表露無遺。然而愈到後面就愈令人不寒而慄，「同一國」內部的權力競逐與險惡鬥爭，較諸日益緊繃的外部戰事更加危險殘酷。

握有統領和宣傳大權的共產黨，受到蘇聯史達林政權的控制，在內戰如火如荼之際，竟一再對歐威爾所屬的馬克思主義聯合勞工黨（被類歸爲托洛斯基派）進行攻擊：貼標籤（「法西斯同路人」）、扣帽子（「和佛朗哥叛軍密謀」），先透過法律和文宣加以定罪，然後將幹部們一一逮捕入獄、甚至暗地處決。極其諷刺啊！他們最終竟是遭到「同志」所害，而不是被法西斯敵人所殺。

當並肩的情誼變成了互鬥的猜疑、甚至無情的殺戮，左派其實開始向右傾斜，同志根本不再是同志，而革命的理想也跟著迅速埋葬。親身經歷了這一切的歐威爾，面對當時歐洲主流的「進步論述」——認爲蘇聯的嚴酷專制是建設社會主義國家「不得不」的必經之路，他內心充滿了矛盾與不安。在返回英國的接下來十年裡，歐威爾就一直思考著如何透過創作，摧毀這個「蘇聯迷思」，讓社會主義的理念及行動，從史達林威權統治下的禁錮與扭曲中得到解放。

於是，他採取了最平易近人的書寫策略：一個詼諧諷刺的寓言體，而且篇幅不能太長。一九四五年，《動物農莊》出版，佳評如潮。時值歐威爾以記者身分再次前往歐陸，見證了納粹德軍的潰敗；然而當年在新婚期間隨之共赴西班牙內戰的愛妻，卻在英國病逝。面對喜悅與哀傷的交織，世事與家事的兩難，在那樣一個巨變的年代，人或許渺小，但卻因作品而偉大。

故事裡的角色設定極爲鮮明，歐威爾顯然不想隱誨，似乎就是要讓讀者們能直接聯想，將當時蘇聯社會中的各色人等一併對號入座加以檢視。例如只出場一幕但卻激動民心的「老少校」，是啟蒙者卻來不及參與和反省革命的列寧（或可上溯及馬克思）；兼具個人知性魅力與溫暖同志情誼的「雪球」，是主張「不斷革命論」但遭鬥爭流放的托洛斯基；至於豢養眾多惡狗、致力於剷除異己、擴權獨裁、最後甚至「人模人樣」與敵同謀的「拿破崙」，毫無疑問就是史達林。

而在情節安排上，歐威爾除了具備所有優秀小說家都有的絕佳說故事能力，更具有社會研究者式的犀利洞見。在每一個短小的篇章裡，關於獨裁者的各式統治話術、如何「以革命之名行反革命之實」，其描述都相當精準到位。令人不斷聯想到赫緒曼（A. Hirschman）的經典作品《反動的修辭》（*The Rhetoric of Reaction*）。

比如說，在面對內部成員產生質疑或提出挑戰時，統治者就會提醒「有一個外部強敵正虎視眈眈」，從而訴諸團結向心；當大家生活困頓、無助徬徨時，當權者就藉由興建「偉大」工程（如風車）、舉辦大型儀式慶典遊行等群眾運動，來彌補群眾的失落；如果有人質疑分配不均，就會出現「統治菁英的勞心工作如何辛苦以至於需要較多酬報」的論述；而例行性的提示數據，證明「現在比過去更好，或即便現在仍沒有很好、不久將來也一定會好轉」，則是一貫的宣傳洗腦用語。至於竄改歷史，將不受當權喜愛者入罪，或者逕行修法（如七誡之增刪）為受質疑的統治者脫罪，更是粗暴卻也常見的威權治術。這些書中例子，讓人很難不聯想到中國社會、甚至台灣政治發展中的對應怪象。

還記得自己第一次閱讀《動物農莊》時的情境。那是一九九〇年六月的某個夜裡，我進市區參加一場跨校學運聚會後，坐在搖晃開回輔大的公車上，就著昏暗燈光從「老上校激勵人心的穀倉演說」開始讀起。那時我才大一，連二十歲都未滿，不久前才參與了三月「野百合」和五月反郝柏村組閣兩大學運戰役，是會在每一本筆記簿扉頁都寫上「全世界無產者團結起來」的那種衝組（又有點教條化的）左傾少年。

車程有些遠，一路下來也就看了三分之二。動物農莊裡當權豬仔們「打著紅旗反紅旗」的嘴臉令我笑不出來，我不可避免地想到自己前刻才剛從學運集會中逃離的矛盾心情，某些夾雜艱澀術語所進行的指控、訕笑、猜忌、套問、甚至驅逐的「批鬥」場面，對一個過度天眞的革命菜鳥而言，實在消化不良。

然而，我雖同意歐威爾對革命「精神分裂」的批判，但這終究無法綁住我仍期望自己認眞走過一遭的雙腳。我總覺得：引人發笑的嘲諷荒謬，其實是深沉的反省姿態。讓人無奈的感嘆失望，或許是最熱切的期待語調。表面上，《動物農莊》是不再信任烏托邦理想的犬儒主義，但骨子裡卻仍充滿對社會主義人道信念的基本堅持。也因此，這本小說一直是自己革命幻想裡最尖銳的提醒，也是挫敗經驗中最溫柔的救贖。

至於我第二次進入《動物農莊》是在一九九九年了，那是我即將負笈英國的前刻，剛好在整理書櫃時發現，忍不住就又讀了起來。那一次的閱讀感受遠比第一次更爲複雜強烈，大概是因爲在那幾年裡，我從一個關心政治與社運議題的研究生，變成了當時在野而後執政的黨的政策幕僚，然而卻又在一年深入的實務參與後，帶著滿身的無力與滿腦的疑惑離開。我只能說，自己似乎看到了它即將盛開，但也即將腐敗。就像是小說結尾那令人驚恐的一幕：豬抬起了前腳，開始學人走路。

後來我在英國陸續讀了歐威爾的其他作品及其傳記，慢慢發現若將之與《動物農莊》串連來看，或許焦點就不再只是令人氣憤作噁的豬仔角色，或將故事機械式地對應時局予以嘲諷，更不是訴諸龐大而無奈的所謂「人性」解讀。相對於這些悲觀傾向的閱讀心情，我其實更想在歐威爾既尖銳又幽默的筆觸中，找尋他獨特的社會哲學與生命情調。或許可以這麼說：抗拒社會的定型僵化與集體控制、要從這裡頭尋求真正解放的可能，就是歐威爾創作與生活的基調吧。

在一九三三年的《巴黎倫敦落魄記》（*Down and Out in Paris and London*）中，歐威爾曾這麼自述：「這是一種具有信念的感覺，幾乎是一種快樂，在知道自己最終真正那麼落魄的時候。如此經常地談到墜落——墜落已經發生，你已經感受到這狀況，且你可以忍受它。這反而削減去我許多的焦慮。」《紐約時報》

書評也給了很棒的註腳：「在歐威爾不斷找工作、食物和寄居住所的時候，他總是以一種詼諧幽默的態度，清晰地講述像是自己如何欺騙房東、或者和當鋪討價還價之類的故事。歐威爾不僅揭露貧困的真相，且帶著一種冷靜的視野。」

如今，因爲講課與寫作太常引用，我已記不得重讀《動物農莊》的次數了，而台灣也進入解嚴後的第三度政黨輪替。如果島國上的「動物農莊」又再次淪爲一座革命廢墟，那我們也只能繼續嘗試在灰燼瓦礫中，尋找會發新芽的小種子。

未來，一直吻一直吻

「他們準備好要接吻，開始接吻，一直吻一直吻，每次都吻到房子好像要塌下來一樣。」愛迪生（T. Edison）用這句聳動文案，四處宣傳世界上最早的電影之一。這部片只有四十幾秒，但男女主角卻整整相吻了超過二十秒。

那是一八九六年，盧米埃兄弟（Auguste et Louis Lumière）首次公開放映電影的隔年。愛迪生果然是滿腦商業算計的發明家，先知似地預告了吻戲在日後各種類型電影中的不可或缺。

而這石破天驚的銀幕一吻，也嚇壞了衛道人士，間接催生了美國的電檢制度。從一開始視親吻爲猥褻而嚴厲禁止，逐漸放寬至規定每個吻不得超過三秒鐘。後來希區考克（A. Hitchcock）在其執導的《美人計》（*Notorious*）中聰明閃躲，讓男女主角欲親還休地磨蹭良久——親一下、分開、再親、再分開、再親。浪漫的吻誰也擋不住，無數令人難忘的電影橋段，預告著新的社會趨勢。比如同性相吻首次出現在電影裡的時間，其實早於同志平權運動在街頭的發生。如今，好萊塢電影裡不可能沒有吻的片段，就像是一杯馬丁尼調酒不能忘了放顆橄欖。直接訴諸觀眾而非影評的MTV電影大賞，自設立以來，「最佳接吻」獎就一直是頒獎晚會的高潮。奧斯卡典禮上更不乏得獎者在公布瞬間與伴侶或同事熱情擁吻的感人畫面。

不只電影，推助了親吻態度的全球化、解放了親吻行為的社會化，包括音樂、電視、小說、動漫、攝影等大眾文化，也熱烈一同，加入了親吻的歷史擴散進程。

吻是少年思春初戀、或主婦百無聊賴的幻想核心。吻是羅曼史中篇幅比重最多的敘事、電視肥皂劇的收視興奮劑。吻、情歌、暢銷金曲的三位一體，是唱片工業跨世代、跨族群、跨類型的操作萬靈丹（別忘了張學友的〈吻別〉一度曾是台灣的「國歌」啊）。補捉戀人擁吻的新聞照片，既可以被用來鼓舞軍人勇敢出征，也可以作爲反戰象徵，歌頌終戰和平。

即便連訴求兒少的童話動漫，吻也經常可見。比如無人不知的白雪公主，在故事開頭她便溫柔親吻了七個出門工作的小矮人（其中一位甚至意猶未盡回頭還想再索一吻）。之後吃了毒蘋果昏死，最終被王子深情的一吻救回。

吻促成了這個美好快樂結局，創造出新的神話原型。在浪漫愛的想像中，羅密歐與茱麗葉的悲劇終結死亡之吻，已經被自由解放的吻所取代。

歐美各國挾大眾流行文化，強吻著這世界每個角落，粗暴也溫柔，苦澀又甜蜜。然後，我們全都跟著學習，如何好好接吻。

弔詭的是：吻，很大程度既是透過文化傳播學習而來，但多數人卻又要假裝那是自己天生就會的身體本能。好比蝸牛撫弄彼此觸角、鳥類碰觸求偶對象的喙。

許多學者希望找到吻的生理成因。比如心理學家佛洛伊德，他指出嬰孩離開吸吮母乳會轉向自己的大拇指，但這快感的延續隨即遭到禁止，直到長大後遇見舌吻的對象才又重新被找回。再如動物與人類學家莫里斯（D. Morris），他大膽論述接吻就是一種男女性器接觸的模擬；甚至由此斷言，口紅就是誇飾嘴唇類比於陰唇的強化物。

這些看似「科學」，其實帶有相當程度「異性戀男性中心」色彩的主張，將吻視爲一種純粹基於生殖演化功能、或性慾滿足的簡單行爲，根本忽略了吻是五感同時聯覺運行的幻想實作。眞正的吻，不只是唇舌交纏的觸覺與味覺，也必然是嗅覺、視覺與聽覺的。

相對於前述學說，加拿大知名符號學者達內西（M. Danesi）對於吻的研究倒是令人耳目一新，充滿啟發。他的著作《Kiss! 吻的文化史》（*The History of the Kiss*），清晰拒絕了上述生理決定論的觀點，透過博學的旁徵博引，揭露吻作爲一種象徵和儀式的歷史，重新還原吻的社會化過程。

達內西清楚定位：吻首先是一種符號，如同浪漫愛之於玫瑰花。其次是一種過渡儀式，這意味著兩人親密關係可能將從某一階段前往至下一階段。所以初戀告白要吻，結婚成家要吻，甚至分開臨別也要吻。吻是一個宣告，一次確認。

也因此，性工作者不輕易與其性服務對象接吻，那會使得工作與情感的界線混淆。

而性愛若需壯陽還可靠威而鋼，但失去熱情靈魂的吻卻無藥可救。畢竟，假裝高潮比假裝投入一個深切的吻來得容易。

然而，在這個情感流動更加快速也自由來去的年代，吻的份量愈來愈像現代人的體重一般起伏飄移。我們難免迷惑起來：一方面繼續相信吻的眞心溫度，另方面又不免懷疑它的虛情假意。網路社交、虛擬愛情，比眞實更眞實地強化吻與不吻都有的孤獨。

最後，不斷演進的吻，終究仍得直白面對性別平等的課題（縱有萬般浪漫柔情也無法解消這矛盾衝突）。吻始終籠罩著沙文主義陰影，多數影像中的吻總呈現出男性的「霸氣」。強吻常被當作男子氣概，也是許多男性對女性渴望一廂情願的誤讀。至於男男、女女的同志之吻，尤需更豐富的文化展現與充分的社會認同。

「他們準備好要接吻，開始接吻，一直吻一直吻，每次都吻到房子好像要塌下來一樣。」是的，熱吻還在持續，而且範圍擴大。吻的千年，既已體現愛的浪漫，但願新的歷史一頁，更能以此美好象徵，促進平等，保衛自由。

《挪威的森林》裡最美的橋段之一，是阿綠拉著渡邊上頂樓，當時不遠的鄰宅正慌亂於火災。也幫不上什麼的他們就悠悠看著、聊著，甚至阿綠還彈著吉他，唱起一首自己寫的〈什麼都沒有〉的可愛怪歌。

然後渡邊吻了阿綠。

在仙巖園的那個午後，對面的桜島火山開始微微爆發，噴出白煙。晴空萬里的好天氣，乍看彷彿只是山頂有雲。

小情侶並肩靜靜坐著、悠悠看著，彼時只屬於他們的，山、海、空、鳥。

我不知道結果他們有沒有 kiss。當然不便打擾，先離開了。

守門員的永恆焦慮

世足賽最扣人心弦、悲喜交織的劇碼，莫過於互射十二碼球的ＰＫ大戰。即便不是參賽國的觀眾，也都被籠罩在屏氣凝神的緊張裡。實在很難想像。肩負億萬人期待的場中球員，那生死一瞬的壓力會有多大。

近年諾貝爾文學獎呼聲最高的作家之一彼得漢克（P. Handke），在一九七〇年所出版的小說《守門員的焦慮》（*Die Angst des Tormanns beim Elfmeter*）中，雖然實際描繪球賽的篇幅不多，卻已深刻鮮明地道出一位守門員，在面對十二碼罰球時的痛苦掙扎。

整部小說的調性其實輕描淡寫——曾經名噪一時卻因犯規被驅逐的守門員，成天晃蕩，無所事事。相對於先前在球場上的極度焦慮，丟了工作變成魯蛇的他，反而一派輕盈地度日。即使後來無端捲入殺人事件，好像也沒劇變起伏。

這故事被當時才剛畢業的溫德斯改編成電影，成爲他受到世界影壇關注的成名作（初試啼聲即獲威尼斯影展影評人費比西獎）。而漢克也因此開始與溫德斯長期合作編劇，包括獲得坎城最佳導演的經典《慾望之翼》。

無論是漢克原著或溫德斯片子，其實都未聚焦在球場，這反倒對襯出主角生活周遭隱隱然的恆存焦慮（甚至近乎神經質狀態）。有書評說這位守門員的處境：「面對十二碼球時，就像手無寸鐵（但又必須守住）的人。」隱喻了德國從騷動的一九六〇年代末期、轉向七〇年代右派秩序重新整編的社會。如此強烈不安，卻莫可奈何的無助。

這個作品也經常被與卡繆小說並列比較，尤其是在「人如何理解並應對自身荒謬命運」這個主題的討論上。巧的是卡繆在其故鄉阿爾及利亞念大學時，也曾擔任足球隊守門員。然而他之所以擔任這角色，竟只是因爲家裡太窮，買不起可供他一直奔跑磨損而必須汰舊換新的球鞋。

熱愛足球卻被迫抽離，可說是既在局內又在局外的臨界狀態，毫無疑問相當程度呼應了卡繆人生中持續存在的「異鄉（違和）感」。對後來遠赴巴黎發展的他來說，充滿陽光的永恆故鄉消失了，但一時也沒有安身立命的棲地。

就像漢克說過：「寫作把我解放出來。」卡繆也曾表示，寫作是他心靈漂泊的居所。如果不是二戰降臨，他說不定還能繼續玩著熱愛的足球。而卡繆當然也一定想不到，半個世紀後，他的同胞後裔席丹，會在球場踢出如何永恆的傳奇。

「我人生中對道德與義務最確切的認識，皆拜足球所賜。」至少卡繆這位前守門員的一句話，爲我們理解足球與人生際遇（或與社會百態），下了一個充滿想像的註腳。

忘記帶手機出門的一天

十九世紀初懷錶普及，有文人形容從此每個人口袋裡都有了一條鞭子。基督教新教倫理的守時戒律、和資本主義的效率計算，透過這只小小的計時器緊密結合，進而擴散全球，改變了人類生活狀態。

兩百年後，人類的口袋有了新玩意——智慧型手機，它不僅是一條更犀利的鞭子，同時還是大家賴以維生的胡蘿蔔。

令人愛恨交織的手機，是當代日常裡，同時體驗著遭受奴役與感受自由的媒介物。我們一邊倚賴它完成工作、一邊卻也藉助它逃離工作。男女老少、有錢沒錢，各色人等，很少人能長時間擺脫手機的控制與誘惑。

除非某一天自己忘了帶手機出門。

寫這篇文章時，我正遭逢如此窘境。連筆電也不在身邊，導致無法登上網路、即時通訊、收發信件……彷彿一夕失聲的歌手，頓失自身角色的存在感而焦慮不已。直到我從袋裡翻找出筆記本，才發現距離上次好好使用它，竟已有些時日。原來漸漸的，「書寫」等同於鍵盤輸入。嚴格來說，很久不曾眞正「下筆」了。

於是坐在咖啡館，我一字一字老派地寫下，如此有點奇妙的反思。

首先，從職場的角度，我想到近幾年歐洲各國相繼修法，要求公司主管不得在下班時間發送電子郵件或即時訊息給員工。畢竟，當手機能承載的事物愈多，辦公室裡的工作壓力就可能隨之流竄，滲入生活各個縫隙。手機原本便捷的自由性，反倒提供某種弔詭的全景監控，侵蝕了個人隱私自由。

接著我也想到，曾經訪談饒舌歌手蛋堡，他說不管多麼數位化，自己還是習慣在筆記本上記錄生活各種稍縱即逝的想法，不只用文字寫，有時也會隨性塗鴉畫畫。這些習慣動作像是一種基底，支撐著後續所有創作的組合完成。

像這樣沒帶手機的一天，反而能在通勤中、行走時，連音樂都沒得聽的空無狀態下，眞切感受著周遭環境、細膩觀察起人群互動。因爲瞬間沒有了朝向遠方的媒介，你就只能好好面對無處可去可躲的自己。

既然手機能把職場的權力關係延伸到生活之中，以至於它不在的時候人們就會緊張擔憂是否遺漏重要事項，那不也就意味著，你可以藉此無意（甚或有意的）疏忽來練習一下，看看自己能否暫時逃脫無所不在的前台角色——不只是工作上、也是各種社群裡的扮演。

晚上回到家，我看著忘在桌上手機的螢幕，閃現著一整天各種未接、未讀的數字，難免煩躁起來。一旁攤在案頭的筆記本，則是今日跑跳四處的各種工作與心情記錄。有凌亂的寫字、塗鴉、以及橡皮擦屑。

「別讓手機無時不刻地鞭策你或豢養你吧。」我決定先把這行用筆寫下來的話，謄打在備忘錄中。

今晚讓手機先睡，我們聊聊

週末夜餐館裡，坐在我旁邊的一家四口，用完餐後好整以暇地沒有離席，接下來半小時，父母雙親與兩位大學生模樣的兒女，完全沒有交談，就這麼沉浸在各自手機，渾然忘我而不顧彼此。

「Phubbing」——這是一個由手機（phone）和冷落（snubbing）組合而成的新造英文字，顯然已經是跨社會的生活景況。《每日郵報》（*Daily Mail*）曾調查，超過一成的英國人，每天不是接聽來電而滑動解鎖手機的查看頻率為六十次；而《紐約時報》則指出，美國年輕人平均每日查看手機的次數，更高達八十二次。主要刷手機目的，就是上臉書等社群網路。

這已不能用所謂異常成癮來稱呼了，根本上就是常態的習慣。甚至誇張點說，手機愈來愈不像身外之物，彷彿是人體一部分，自然不可分割。即便如此，日益人機一體（cyborg）化的低頭族，卻不見得能超越物質與肉身界線地開展自由互動；相反的，「科技拉近了彼此距離，卻讓我們害怕親密交流」——這句話是麻省理工學院科技與社會研究的大師特克（S. Turkle）在二〇一七年新書的副標題。

這本書名叫《在一起孤獨》（*Alone Together*），犀利點出了年輕人如何透過網路媒介，讓自己既成爲躁動的社交達人，但同時又是陰鬱的寂寞患者。而作者在更早先的作品，更是從書名便開宗明義，鼓吹我們必須「找回對話」（Reclaiming Conversation）。

如何暫時放下手機，好好和眼前身旁的人聊天，很諷刺地在這時代竟成了一個必須練習的生活課題。比如說，至少在家裡可以設定一個「無手機區域」，像是臥室、廚房、或者餐桌上。或者與家人約定在某段時間或從事某種活動時，大家都得像在電影院般地關機。

而且千萬別小看就算手機僅只放在一邊（沒去刷也沒有響），都足以或多或少影響人們對話進行的氛圍。二〇一七年有一篇在《環境與行爲》（*Environment & Behavior*）期刊的研究報告就指出，當手機被明顯放置在兩個人的互動空間時，不僅談話雙方的專注會受影響，甚至連彼此同理的程度也明顯削弱。

或許，我們總有些不得不（擔心工作重要來電之類），作爲手機貼身、橫在各種親密關係之間的藉口。不過，開始意識「這是個問題」，就已跨出改變第一步。

筆行至此，才發現自己兩個小時未滑手機，沒電自動關機了。也好，就讓它先睡吧，我和自己（或有時與家人）的靜心對話才要開啟。

上臉書是否也像翻紙書？
都可以算是一種閱讀，不可共量也毋須比較。

然而好的紙書愈陳愈香、一翻又翻，
臉書再酷再夯，終究只有一讀一刷。

轉瞬即逝的賞味期限，
是這個時代最公平的、人人或多或少都有的失落。

準備好哭泣，還有重生

每次散步經過大安森林公園，我仍常想起蔡明亮《愛情萬歲》片末，飾演房仲業務員的楊貴媚，在同樣地方走著走著，一發不可收拾就哭了起來。當年威尼斯金獅獎給了本片，這段長達六分鐘、什麼都沒發生地單只是讓女主角從啜泣到大哭的結尾，無疑是寫入影史的經典橋段。

其實，「哭成淚海」這個成語，在家喻戶曉的《愛麗絲夢遊仙境》中就曾被具現。愛麗絲先是因突變成小巨人而驚嚇大哭，流下的眼淚在身邊積成了一個池塘，但隨即她就又縮小，掉進了池子奮力游著：「剛才不該哭得那麼厲害，一定是哭得太多才被罰淹在自己的淚水池裡！」

眼淚是極爲複雜多義的產物。好比生命始於哭泣——嬰兒在分娩出來時會哇大哭，人們藉此判定他的呼吸順暢，而母親則由前刻的陣痛之淚，轉變成喜極而泣。相對的，生命也終於哭泣——逝者在離世前落下苦痛之淚，而生者則在喪禮前後，經歷各種程度的不捨落淚。

如果不是獨自黯然淚下，哭泣基本上就在進行某種溝通。眼淚是一組符碼，製碼和解碼的雙方，於意義共享的符號象徵體系中，理解當下哭泣的訊息。羅蘭巴特在《戀人絮語》中如此精采詮釋：「我讓自己落淚，為了證實我的悲傷並不是幻覺：眼淚是符號跡象而不是表情。藉助淚水，我敘述了一個故事、鋪設了一個悲痛的神話，然後便將自己維繫其上；我與它共生，因為通過哭泣，我為自己設立了一個探詢者，得到了『最真實的』訊息，身心的、而不是口頭的訊息：『嘴上說的算什麼？一滴眼淚要管用得多。』」

除了嬰孩無法言語、爲自己的眼淚加註說明，一般人的哭泣多少都有其「附註」。也就是說，必須進一步能被己身或對方所闡釋連結，落淚才眞的表達出情緒。

曾經，在美國心理學界佔居主導地位的行爲主義學派，認爲哭泣和任何行爲一樣，應該也必須好好控管。二戰時期的美國兒童局甚至向全國母親提出警語：「在餵食外的時間不要擁抱寶寶，也不要在一哭泣時就立刻回應。」類似態度直到一九六〇年代反文化運動浪潮，彰顯了身體感官與自我表達的重要性，才產生改變。

就像搖滾樂釋放了憤怒與狂喜，眼淚突破了言說和理智的框架。各種情緒治療如尖叫與哭泣，應運而生。透過信任的疏導，誘使人們放心地、深層哭泣，使得因受傷、失落或害怕而嚴重壓抑的身心，得以暫獲緩解。新銳攝影師徐聖淵曾耗時六年、拍攝五百多位女孩，所集結一百三十則落淚故事的《哭泣女孩》攝影集，或許就具有這般過渡儀式性的洗滌意義。

然而，女性流淚的背後即便意志堅韌，很多時候仍被刻板印象誤讀為纖弱無助。在古文語境中，女人常和小孩並稱為「婦孺」，而哭泣便被視作這群羸弱成員的經常行為。相對的，則是父權文化對「男兒有淚不輕彈」的嚴格要求。就連亞里斯多德（Aristotélēs）都舉證歷歷說過：女人比男人更容易落淚。

所謂男子氣概的養成，就是要讓愛哭的男生變成不哭的男人。男人不哭，方能強大，這個迷思至今仍普受認定。就算某位成功男性在公開場合潸然淚下，為了不致認知失諧，媒體總會將其形塑成「鐵漢柔情的英雄淚」。而在這個框架下，與男人並肩競爭的職業女性們，甚至可能比男性還更辛苦於掩藏淚水、抑制情感。

其實重點不是哭或不哭，及其所表徵的情緒化或理性化。我們要反思的可能不只是性別偏見，更是我們對「人要理性」的不理性推崇。承認自己愛哭爲何會感到不好意思，這正是問題之所在。如果哭和笑一樣都是常態情緒的表現，社會爲何要貶抑它、要讓眼淚從公領域中消失或隱匿？

或許我們不該閃避眼淚，而是要正視哭泣、懂得好好哭泣。比如不同文化中的喪禮，都不只是爲了舉哀，更是協助「過渡」的儀式。哭泣正是這個儀式的核心行爲，在過不去的苦痛與難以達成的節哀中，眼淚既是潤滑，也是昇華。

江國香織在二〇〇三年獲得直木賞的小說集《準備好大哭一場》後記中，曾這麼總結說道：「無論是多麼突如其來的悲傷，那個人，大概，已經準備好大哭一場。要喪失必須先擁有，至少要有認為那是毋庸置疑、的確存在過的心情。」

而當我們理解、接納和釋放了哭泣，便可以練習停止落淚。就像德國詩人海涅（H. Heine）所言：「不論流什麼樣的眼淚，總得停下來擤擤鼻子。」很多時候，能讓我們哭泣的事物，或許就是曾讓我們歡笑的事物。悲喜劇一體兩面的交織，經常是人生最荒謬也最崇高的樣態。

《*BRUTUS*》雜誌在二〇〇九年曾製作一個特集：「泣ける映画」（能哭的電影），封面人物是淚流滿面的二宮和也（相當程度打破了男人不哭的刻板印象）。有趣的是，同期另外又作了特別附錄：「笑える映画」。能哭能笑，彼此參照，交互療癒，這個風尚雜誌還眞瀟灑睿智。

如果你是一個多愁善感的人，有比一般平均值更易落淚的感知和心緒，其實也可能就比常人更易吸納周遭事物的元氣，可能是一本書、一部片、一首歌，甚至是一抹陽光、一縷微風、一杯熱飲。當你準備好大哭一場，你也就準備好重生一回。

這裡就有玫瑰花，就在這裡跳舞吧

「我們永遠是好奇的。我們永遠想察看自己視線佇足之處，角角落落裡都要嗅個不停。」——這是一九五二年三月九日，當時二十四歲、即將從布宜諾斯艾利斯大學畢業前夕的切．格瓦拉，在環南美摩托車旅行中，於偷渡往北智利船上所寫下的日記片段。

初次讀到這段話時，我在句子旁畫了道線，現在回頭翻閱，這條線的筆觸感覺是如此帶著渴望改變的力道。那是一九九六年，我正在苦熬碩士論文、畢業前最後一個春假。也剛過二十四歲的我，未曾有過自己的摩托車之旅。因爲家境所限，我當時還沒能力出國旅行。倒是跟著清大社研所的老師同學們，一起去了高雄美濃進行田野工作，參與觀察方興未艾的反水庫運動。在美濃愛鄉協進會的熱情協力中，我們蹲著身子反省自身所思，重新向鄉土學習。

自英返國開始任教的每年六月，在學生的畢業典禮上，我總會憶起切的這本摩托車旅行日記、以及自己在台灣最後的求學生涯片段。然後，這些記憶和延伸的想法，會持續跨越時空地巧妙串接在一起。

切．格瓦拉在大學時期並不算是激進革命青年。他就讀醫學系，但也熱衷文學、運動和旅行。一九五〇年，他二十二歲單騎穿越阿根廷北境，初次進行一趟長達六千六百公里的旅程。隔年又展開環南美洲的摩托車之旅，然後到了一九五三年畢業取得醫師資格，他二度巡遊大陸。

即將畢業離開大學的年輕人，多少都會對未來人生感到不安，切亦不例外。但他卻選擇迎向更加混沌未明的旅程，而非直接進入收入優渥、生活穩定的醫師執業。在其旅誌前言中，他說：「當時，我們對此行的非凡意義尚懵然無知，映現在眼前的景象，也只是一條無際的黃沙路。」

這場自我革命式的壯遊，是切．格瓦拉在改變世界之前、讓自己先被未知世界改變的開端。「我的皮鞋沾染上真正的塵土」，他如此形容土地與庶民所帶給自身「從腳到頭」的生命啟蒙。

「寫下這些日記的人，在回到阿根廷土地時，就已經死去。我，已經不再是原來的那個我。這次漫遊南美的旅行，對自己的改變比我想像中還要深刻而劇烈。」一九五四年，在第二度環南美洲旅程的最後，他與卡斯楚（F. Castro）在墨西哥相遇，並以唯一一個非古巴人身分，加入當地的游擊戰解放組織。接下來短短十二年，他協助卡斯楚完成革命大業，卻在政權成立後不戀棧權力地周遊列國、甚至跑到非洲實際投入一場又一場的戰鬥。

回想初次展讀切．格瓦拉旅行日誌時的彼時人生，與切「被旅行徹底改頭換面的二十四歲」相對，二十四歲的我卻掉入幽暗的瓶頸，深陷在學院書堆與自由想望的矛盾泥沼中。

更往前回溯，自從大一意外搭上了學運列車，我便開始刻意壓抑「青春就該浪遊晃蕩」的奢侈想法，更何況家境狀況也難許可。於是除了沒有中斷的打工掙錢，就是持續與社團同志搞各種「自己想像可能改變世界」的運動。那時根本沒法想像：在日以繼夜的集會與辯論之餘，或許更該起身到處走看體驗，相遇真實社會裡紛雜繚亂的異質人群，磨尖自己的天真。

畢業之後我進入政治部門工作，卻愈想施力、益感無力。浪漫革命理想的賞味期限，加速來臨；在兩黨政治的框架構成中，台灣社會似乎已無選擇地朝向新自由主義與消費主義而行。二十六歲那年，我決定辭掉工作，在沒錢更沒信心能讀完博士（更遑論想像有何未來學術生涯）的忐忑中出發。單純想要離開，成了必然的選擇。

「已經在路上了，就不再問準備好沒。」當時我這麼告訴後青春期的自己。很多年後，我也把這句話寫在參與創辦的《*cue*》電影雜誌創刊號上。

然而相對的，如果「生活在他方」的想像確曾引領著九〇年代後期、疑惑與好奇的我，離鄉背井追尋人生下一階段的夢想；那麼，多年後我選擇返回原鄉，夢想就有了不同轉進：我必須重新認識與擁抱家鄉島國的一切。而這也是自我反思與前進的延續。

於是，二〇〇五年我回到台灣的第一個夏天，前往中橫海拔兩千五百多公尺的大禹嶺時，竟有種重見稀世家傳珍寶般的感動，即便像是蘇格蘭那般壯闊的高地景色，都無可比擬。我清楚意識到，「旅行在自家」（原來壯遊的反身意義也可以近在咫尺地被實踐），正是「生活在他方」的一體兩面。

在伊索寓言中，有個好說大話的人，總是炫耀自己曾在海那端的羅陀斯島上跳得很高很遠，結果被人家反駁說：「這裡就是羅陀斯，就在這裡跳躍吧。」後來馬克思借用了這典故，轉化成另一個頗具詩意的句子：「這裡就有玫瑰花，就在這裡跳舞吧。」

如果，所有向外伸展的壯遊，最後目的地都是家；那麼，我們不也該深入重訪吾土吾民。讓生活中已然習焉不察的各種細節，培力我們渴望煥然一新的身體。

在每一個畢業季節裡，人們都喜歡用「飛翔」之類的譬喻意象祝福畢業生；但身為大學教師的我，卻愈來愈偏好以另一種「落地扎根」、重啟人生的角度，來鼓勵大家。

但願從今而後，再沒什麼「最好選擇」的路徑，是家長老師或教育體制設定好要你前進的方向（即便是「飛翔」）。你終於可以、也必須勇敢迎向世界，又或者謙遜重訪家國鄉野，重點是：不斷上路，活出自己。

下一頁，翻閱自己

我喜歡挑選書或雜誌，作爲送給親友的生日禮物，尤其是可以連結個人和時代的出版品。比如在歐洲旅行途中，我常在市集舊書攤翻找《*National Geographic Magazine*》（國家地理雜誌），如果運氣好挖到六、七十年前的某期，出版時間剛好就是某位長輩的誕生月，那毫無疑問便是個美好雋永的紀念品。

至於二十上下的晚輩，比如我就曾經選送與之同年誕生（一九九六）出版的《廣末涼子初写眞集》。當時洛陽紙貴、一本難求的攝影書，如今偶然被我從東京神保町古書店挖掘出土。翻閱一幀幀十六歲的少女廣末，青春無敵的氣息從書頁溢滿而出。祝你生日快樂，以這本 forever young 的寫眞集。

而話說自己，年過四十，我就有點自暴自棄不喜慶生了。倒是去年有個禮物，卻讓我覺得不切蛋糕不吹蠟燭的這天，其實還挺可愛，開啟了不同的想像。

這是來自日本一個稱之為「バースデー（Birthday）文庫」的計畫，他們為一年中三百六十六天（含閏年的二月二十九）生日者，分別選出屬於「你的這一天」之代表作品，然後為此書重新套上印有日期的書衣。

我的「生日書」，是誕生於一九二〇年八月二十二日、美國作家布萊伯利（R. Bradbury）的經典科幻小說《*The Martian Chronicles*》（中譯：火星紀事）。這禮物令我不禁莞爾，原來，我常覺得自己與多數地球人類格格不入、甚至屢遭排擠的火星怪氣，早就如此命定，只能一笑置之了。

對我來說，紙本書或雜誌，和網路文本最大的差異，就是它們像人一樣，有著確切的誕生日，且隨著時空遞變，讓閱讀者從視覺、觸覺、嗅覺，都能清晰感受到紙本的年齡意義。人與書的生命，因此交互編織出具有身體感應的親密關係。

這也是為什麼，我熱衷於蒐集各種紙本出版品的創刊或停刊號。我深信任何雜誌的發刊就是一則宣言，它必定會在誕生日大聲說出自己是誰。比如二〇一〇年我參與創辦《*cue*》電影雜誌時，就作了這樣的發刊告白：「既然電影和人生，總是互為 déjà vu（似曾相識），我們或許需要一些『連結』的提示。」

然而有哈囉就有掰掰，能夠爲說再見作出經典示範的，莫過於二〇〇九年四月最終號的《広告批評》。作爲日本當代極具影響力的文化評論雜誌，當時在熄燈的封面，竟只簡約素淨地寫著：「三十年來，非常感謝。」如此感傷卻也如此帥氣。畢竟，說再見，一如人生，總是千言萬語終歸一句了。

二〇一六年，這個對我來說人生空前艱難的歲末，我在紀伊國屋書店買了本新書，書裡的每一頁都是空白，只依序在頁首印著一行極小的字：某月某日星期幾。書是剛好可以放進外套口袋的「文庫本」，書名叫做：《マイブック》（*My Book*），副標是：「二〇一七年の記録」。

有趣的是，在書封摺頁，留了一個貼相片的小方塊；而最末版權頁，則把著作者欄空白，等你填上自己名字。其實，這是一本僞裝成書冊模樣的日記本。每一年，新潮社這家歷史悠久超過一世紀的出版公司，都會發行這本無字而待寫的小書，並收入其著名的『新潮文庫』系列。

我很喜歡這個概念，不只是作爲一個有創意的行銷策略，更有著深刻儀式性的象徵意涵：每一年的第一天，請試著提筆，爲此時此地人生百態，開始寫一本專屬於自己的書。

我一直深信班雅明在《單行道》中所言：「面對自己而不感到惶恐，便是幸福。」也於是，這個「自分の本」，其實就是每天面對自己最好的練習（或許因此就可以不用再焦慮地購閱各種「勇氣」系列暢銷書了吧）。

他讓我想起了三十多年前的自己。

小學時的我，是只要媽媽帶著去重慶南路的東方書局，就可以在那邊安靜看一整個週末下午的書（媽媽於是可以放心跟阿姨去西門町逛街完全不用擔心我），那樣簡單飽足的狀態。

這位少年捧著他從琳瑯滿目架上挖掘到的一本書，在他雀躍（期待著一場全新旅程）的眼神裡，我看到了人生持續邊讀邊走的自己。

還算可以。

李明璁

英國劍橋大學國王學院社會人類學博士，曾任教於台大社會系，並於東京與安特衛普任訪問學者。多次獲優良教師獎，研究論文見於《臺灣社會學刊》、《新聞學研究》、《日本ジェンダー研究》等重要期刊。

曾多次擔任金鐘獎、金鼎獎、台北書展大獎等評審。也是《*cue*》電影雜誌創辦總編輯，並曾協助規劃多個博物館與大型活動。著有散文集《物裡學》（二〇〇九），統籌主編麥田『時代感』書系與大塊文化『SOUND』書系，以及國民小學流行音樂輔助教材。

現為台北市府市政顧問、高雄流行音樂中心常務董事，並主持探照文化（Searchlight Culture Lab），帶領年輕團隊以扎實研究為基礎，從事跨界的出版、策展與設計。同時任教於北藝大通識教育中心、電影創作學系與國北教大文化創意產業經營學系EMEA。

國家圖書館出版品預行編目（CIP）資料

邊讀 邊走／李明璁作. 一初版. 一臺北市：
麥田出版：家庭傳媒城邦分公司發行，2018.10
面；　公分 一（麥田文學；307）
ISBN 978-986-344-594-4（平裝）
855　　107015491

麥田文學 307
邊讀 邊走

作　　者・李明璁
攝　　影・李明璁
校　　對・李明璁、林秀梅
版　　權・吳玲緯、蔡傳宜
行　　銷・艾青荷、蘇莞婷
業　　務・李再星、陳玫潾、陳美燕、馮逸華
副總編輯・林秀梅
編輯總監・劉麗眞
總 經 理・陳逸瑛
發 行 人・涂玉雲
出　　版・麥田出版
104 台北市民生東路二段 141 號 5 樓
電話：(886)2-2500-7696　傳眞：(886)2-2500-1967
發　　行・英屬蓋曼群島商家庭傳媒股份有限公司城邦分公司
104 台北市民生東路二段 141 號 11 樓
書虫客服服務專線：(886)2-2500-7718、2500-7719
24 小時傳眞服務：(886)2-2500-1990、2500-1991
服務時間：週一至週五 09:30-12:00；13:30-17:00
郵撥帳號：19863813　戶名：書虫股份有限公司
讀者服務信箱 E-mail：service@readingclub.com.tw
麥田部落格：http://ryefield.pixnet.net
麥田出版 Facebook：https://www.facebook.com/RyeField.Cite/
香港發行所・城邦（香港）出版集團有限公司
香港灣仔駱克道 193 號東超商業中心 1 樓
電話：(852) 2508-6231　傳眞：(852) 2578-9337
E-mail：hkcite@biznetvigator.com
馬新發行所・城邦（馬新）出版集團【Cite(M) Sdn. Bhd. (458372U)】
41, Jalan Radin Anum, Bandar Baru Sri Petaling,
57000 Kuala Lumpur, Malaysia.
電話：(603)9057-8822　傳眞：(603)9057-6622
E-mail：cite@cite.com.my
印　　刷・漾格科技股份有限公司
封面設計・王志弘
內頁設計・海流設計
頭像繪製・焦理揚

2018年9月27日・初版一刷
定價／480元
ISBN 978-986-344-594-4